제멋대로 인생론

제멋대로 인생론

초판 1쇄 인쇄 2011년 3월 11일
초판 1쇄 발행 2011년 3월 18일

지은이   데이비드 시먼(David Seaman)
옮긴이   김두환
펴낸곳   동인
펴낸이   이석재

등   록   1992년 11월 11일(제10-749호)
주   소   서울시 서대문구 북아현3동 192-2
전   화   (02)393-9814 / 365-6368
팩   스   (02)365-6369
E- mail   dongin365@hotmail.com

ISBN 978-89-8482-132-3 (03840)
값 10,800원

※잘못된 책은 교환해 드립니다.

제멋대로 인생론

데이비드 시먼 편 / 김두환 역

동인

살면서 누구나 한번은 던지게 되는 질문으로 고민하며 뒤척이다,
밤새 잠 못 이룬 당신에게.

여러분이 책을 잘못 집어든 것은 아닐까 하는 생각이 듭니다. 말쑥하게 차려 입은 저자가 도드라진 선전문구를 배경으로 번들거리는 표지를 당당하게 장식하고 있는 모습을 이 책에서 찾아보기란 어렵기 때문입니다. 보다 나은 삶을 위한 일일 생활수칙을 담고 있지도 않고, 최신의 다이어트 비법을 소개하고 있지도 않습니다. 프로작(Prozac)보다 간편한 우울증 치료법이 적혀 있는 것도 아닙니다. 그러니 일반적인 자기계발서를 찾는 분들은 이 책을 사는 데 돈을 허비하지 마시기 바랍니다.

이 책은 인생의 의미라는 주제를 다루고 있습니다. 무엇이 이보다 더 중요할 수 있을까요? 듣기에 좋은 소리만 있는 것은 아닐 테지만, 거의 항상 무언가 우리에게 일깨워주는 바가 있으리라 생각합니다.

잠시 시간을 되돌려 때는 뉴욕대학교의 가을학기, 나는 대학생입니다. 미적분학 재시험에서 또 낙제점을 받았습니다. 아는 사람은 정말 많지만, 진정한 친구라고 부를 수 있는 사람은 거의 없습니다. 반즈앤노블(Barnes & Noble) 할인카드의 유효기간은 코앞에 다가왔습니다. 한마디로 내 삶은 전속력으로 나아가고 있는 항해와는 거리가 멀다고 할 수 있습니다. 참, 나는 지금 스타벅스에 앉아 있습니다. 그리고 여기서 신만이 알고 계실 것 같은 주제를 가지고 긴 보고서를 써야 됩니다. (신과 단테의 우주 속의 질서에 관한 내용이니 그리 과장된 말도 아닙니다.) 하지만 나는 현명한 대학생답게 노트북으로 인터넷 서핑을 하고 있습니다. 자포자기하던 차에, 평소 즐겨 찾던 온라인 토론 사이트에 "인생의 의미가 뭘까요?"라고 치고 엔터 키를 누릅니다. 인터넷 상의 담론이란 것이 그렇듯이, 비문법적이고 축약된 말로 적힌 별 의미 없는 답변 몇 개가 올라오다 말 것입니다.

15분이나 지났을까, 사이트에 다시 들어가보니 놀랍게도 40여 개의 답변들이 나를 기다리고 있었습니다. 한 시간도 채 지나지 않아 그 수는 다시 60여 개로 늘었고, 답변들은 하나같이 인생에 대한 깊은 통찰을 드러냈습니다. 물론, "비키니와 맥주"라고 대답한 사람들도 있었지만, 그리 신경 쓰지 않아도 될 정도의 비율이었습니다. 이 독특한 온라인 토론 사이트는 한 주에 한 개의 주제만을 다룹니다. 그리고 일주일이 지나면 해당 토론은 삭제되거나 접근할 수 없는 저장 공간으로 이동됩니다. 하지만 나는 우리 주변에 사는 평범한 네티즌들의 생각을 간절히 더 듣고 싶었습니다. 그래서 결국 다음과 같이 www.realmeaningoflife.com이라는 겨우 구색만 갖춘 웹사이트를 개설하기에 이르렀습니다.

인생의 어느 시점에서 우리는 살아가는 의미를 찾게 됩니다.

그 시기가 열 여덟 살이 될 수도 있고, 일흔 두 살이 돼서야 찾아 올지도 모릅니다.

우리가 지금 한번 찾아봅시다. 무엇이 여러분을 기다리고 있을지 모르는 일입니다. 물론, 모르는 것은 저도 마찬가지입니다. 인생의 의미에 대한 여러분의 조언을 구하고 있습니다. 여러분의 소중한 의견을 meaning@shutterline.com으로 보내 주십시오. 몇 문장이나 몇 단락, 혹은 몇 페이지가 되더라도 괜찮습니다. 성명 혹은 익명을 원하시는 분들은 별칭을 기재해 주시면 여러분의 글과 함께 실어드리겠습니다. 다만, 성경의 좋은 말씀이나 바즈 루어만(Baz Luhrmann)이 부른 자외선 차단제를 바르라는 노래의 링크만 덜렁 보내는 것은 자제해 주십시오. 여러분 자신만의 그리고 우리 모두에게 도움이 될 만한 생각을 원합니다. 보다 나은 세상을 만들기 위한 제언 또한 기꺼이 받겠습니다.

감사합니다!

그간의 이야기를 다 할 수는 없지만, 사람들은 내 순수한 의도에 강하게 이끌렸습니다. 한 사람, 두 사람 보다 의미 있는 삶을 위한 조언이 될 만한 답변을 보내오기 시작했고, 이를 주위 분들에게 권유하는 사람들까지 생겼습니다. 언젠가는 그러리라 생각은 했지만 USA 투데이(USA Today)와 같은 언론에서 이 사이트에 관심을 갖고 기사를 내보냈습니다. 그리고 이내 사람들의 관심은 폭발적으로 증가했습니다.

이제 남은 것은 76일 동안 모은 사람들의 의견에서 가장 괜찮은 글들을 추려내는 일이었습니다. (물론, 하다 보니 결국 성경에서 몇 구절을 인용하게 됐습니다.) 내가 가진 선입견은 (그것이 무엇이든지 간에) 배제하려고 무던히 애를 썼습니다. 인생이란 한번 살아볼 만한 것이기에, 답변들은 대부분 삶의 의욕을 돋우는 희망적인 내용이었습니다. 한편, 삶에 대한 부정적인 시각 또한 담아내려 노력했습니다. 우리는 단순한 지적 세포덩어리 이상의 존재라고 누구한테 따져야 할까요? 저에게는 미적분학에서 C를 받는 것도 버거운 일입니다! 한 방문자는 이런 글을 남겼습니다. "삶은 성적 접촉에 의해 감염되는 치사율 100%의 질병이다." 참으로 기운 빠지는 소리가 아닐 수 없습니다.

이 책에 실린 글들은 특정한 기준에 따라 배열된 것이 아니라서, 앞에서부터 차례대로 읽어도 되고 뒤에서부터 읽어도 상관없습니다. 매일 임의로 페이지 하나를 정해서 삶의 동기를 부여받는 수단으로 활용하거나, 가족 간의 열띤 토론의 소재로 삼아도 좋습니다. "먹는 법이 따로 정해져 있는 게 아니에요"라는 리즈 캔디(Reese's Candy)의 광고문구가 떠오릅니다. 이 책을 읽는 방법 또한 마찬가지입니다. 어떻게 소화할 것인가는 전적으로 여러분의 의지에 달려 있습니다. 이 책은 복잡한 논리나 현란한 도표가 지배하는 교과서가 아닙니다. 전부는 아니더라도, 이 책

의 많은 부분은 개개인이 인생에서 얻은 교훈을 바탕으로 하고 있습니다. 질문을 풀기 위해 노력할 때마다 정답에 한 걸음씩 다가설 수 있으리라 생각합니다. 사람들의 목소리를 한데 모았을 때 진실은 드러날 것입니다. 내게 그랬던 것처럼 이 책이 여러분의 인생에도 도움이 되길 바랍니다.

2005년 봄 뉴욕에서

데이비드 씨먼 (David Seaman)

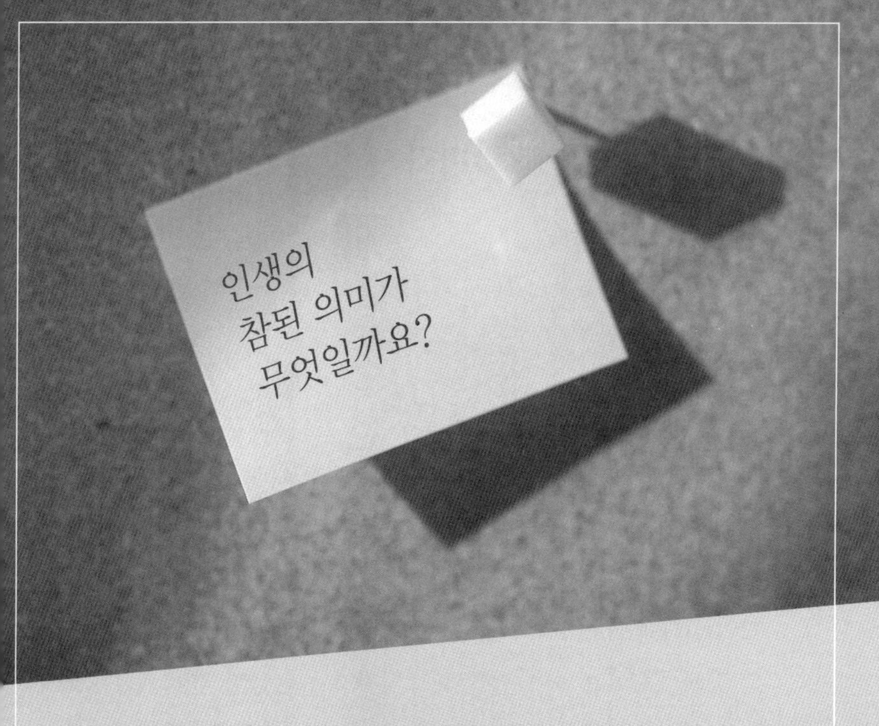

행복의 요건을 좇는 사람은 결코 행복해질 수 없다.
인생의 의미를 찾는 사람은 결코 인생을 즐길 수 없다.

　　　　　　　　　　　　　－알베르 까뮈(Albert Camus)

인생의 진정한 의미가 무엇일까요?

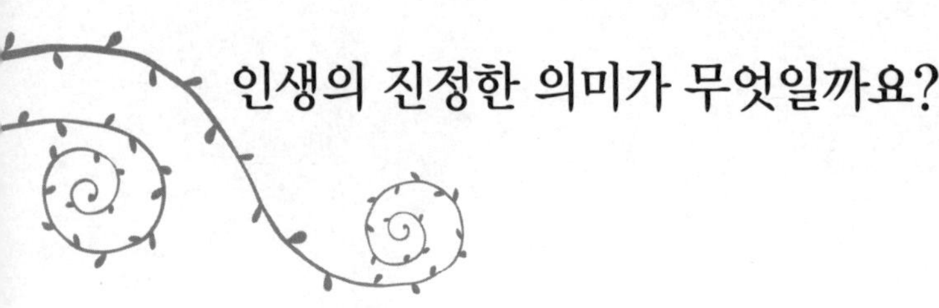

☯ 녹스빌의 테네시대학교에 다니기 시작할 때였는데, 부모님 때문에 체험학습 프로그램이란 걸 하게 됐어요. 소피네 카페테리아(Sophie's cafeteria)에 꼼짝없이 갇히게 된 거죠. 거기서 같이 일하던 이보다 더 짜증날 수 없을 것 같은 남자까지 내게 홀딱 반해 버렸어요. 어느 날인가 그 남자가 무슨 급한 일이 생겼는지 나더러 저녁근무를 맡아달라고 하더라고요. 집에서 가게까지 한 시간 거리라서 난 오전근무만 하는데 말이죠. 하지 않는 게 나을 성 싶었지만 그냥 그러기로 했어요. 그날 밤 가게 문을 닫으려고 정리하던 참이었는데, 지배인님이 사람 하나를 보내서 내가 바닥을 닦기 쉽게 의자를 탁자 위로 올려놓도록 시켰어요.

돌아오는 목요일이면 그날로부터 8년이 되고, 사실 우리는 지금도 두 아이와 함께 행복하게 살고 있답니다. 이게 다 그날 밤 진절머리 나는 카페테리아의 저녁 근무를 대신한 덕분이죠.

-Barbara Kilpatrick

◎ **금요일** 아침, 창밖에는 비가 내리고, 사랑하는 이의 품에서 일어난다 …… 사무실에 전화를 걸어 병가를 내 (나 자신에게 삼 일 간의 주말을 선물하고), 다시 잠자리에 들어, 정오쯤 중국음식을 주문하고, 침대에서 식사를 하며, 따분하게 돌아가는 세상을 뒤로한 채 하루 종일 싸구려 재방송 프로그램을 보는 그런 게 아닐까.

–avk

◎ **인생의** 의미라 ……

생명이다.

좀 더 이야기해 볼까.

모든 생명은 자신을 재현하기 위해 존재한다. 화산 폭발로 섬 하나를 잿더미에 뒤덮이게 하더라도 몇 년도 채 지나지 않아 도처에서 새 생명이 자라날 것이다. 어째서 그런가? 그래야 하기 때문이다. RNA 단계에서부터 순환고리를 따라가다 보면 유기체의 복제에 이르게 된다. 우리가 여기에 존재하는 이유는 무엇인가? 바로 생식(生殖)에 있다. 우리는 섹스를 위한 에너지를 얻기 위해 음식물을 섭취한다. 다른 모든 이유는 변명에 불과하다.

–Doug Finner

인생은 짧고, 그 종말은 항상 알 수 없습니다 …… 그리고 그 끝은 우리가 생각하는 것보다 가까이에 있습니다. 우리는 지금 이 순간 도대체 무엇을 할 수 있을까요? 고통을 감내하면서까지 세상을 살아가는 이유는 무엇일까요?

어떤 사람들은 신앙생활을 합니다. 인간은 예견할 줄 아는 동물이며, 미래를 내다봅니다. 그러나 죽음을 대하면서, 우리는 더 이상 현세에 존재하지 못한다는 사실을 받아들이지 못합니다. 그리고 종교가 그 간극을 채워줍니다. 내세의 삶과 우리가 누렸던 권리에 대한 보상, 그리고 잘못에 대한 죄값 모두를.

제 개인적인 생각을 물으셨나요? 저는 솔직히 이해할 수 없습니다. 하늘에 계시다는 그 위대한 분의 존재는 실로 믿기 어렵습니다.

나는 어떻게 살아가고 있습니까? 지금처럼 내 주변 사람들을 인정하고 존중하며 만족스러운 삶을 살고, 또한 나 자신의 발전을 가져오기 위해 어떤 노력을 하고 있습니까? 그렇게 살아가는 이유는 무엇입니까? 언젠가는 다 쉽게 잊혀질 텐데 부질없는 짓은 아닐까요?

어렵습니다.

지금 내가 하고 있는 것은 배우는 일입니다. 무엇인가를 만드는 것을 배우고 있습니다. 내 손으로 하는 창작활동입니다. 컴퓨터 프로그램 제작에서부터, 보석공예, 로봇 만들기, 풍선아트, 글쓰기, 유머, 봉사활동과 같은 일을 합니다. 내가 할 수 있는 일이라면 무엇이든지, 가능한 한 자주, 그리고 쉼 없이 하려고 합니다.

보다 적절한 답변을 드리자면, *산다는 것은 사랑하는 것입니다. 그리고 사랑하는 것은 세상에 보다 많은 빛을 가져다 주는 일입니다.* 인생의 이 짧은 여유마저 고통스러워야 한다면, 우리는 자신과 주변 사람들의 짐을 덜기 위해 할 수 있는 모든 노력을 다하는 편이 낫습니다.

과연 누가 알겠습니까? 우리의 육안으로 볼 수 있는 것 말고도 아마 무엇인가가 더 있을 것입니다. 희망을 품을 수 있을 따름입니다.

-Edwin

정상의 자리에 올랐다가 나락으로 떨어지기도 하면서 양극단을 오간다. 삶의 끈을 놓지 못하는 이유는 무엇인가? 앞으로 벌어질 일에 대한 병적인 호기심 때문이다. 삶은 하나의 경험이며, 항상 좋거나 나쁜 무언가가 우리를 기다리고 있다. 그 둘을 똑같이 숭상하는 법을 배우는 것이 요령이랄까 ……

-E. James Jacobson

네 번째 찾아온 심장마비, 11개월의 실직상태, 배우자의 사유로 인한 이혼 …… 이 모든 것이 작년 한해 동안에 일어났습니다. 지금에 와서 제가 생각하는 인생이란 이렇습니다.

인생에 있어 무엇보다 소중한 사람들을 사랑한다. 내가 어루만진 모든 생명이 다시 나를 어루만진다. 아침의 해돋이, 콧잔등을 때리는 빗방울, 강아지의 끈적거리는 침, 발가락 사이를 파고드는 모래알의 촉감이 소중하게 느껴진다. 어린아이의 눈물에 마음이 움직이고, 뭐가 녀석을 그리 서럽게 만들었는지 궁금해진다. 풀처럼 끈덕지게 보다는, 그리스(grease)처럼 미끈거리게 살고 싶다. 숨을 깊게 들이마시고 천천히 내뱉으며, 인생의 여정에서 다른 사람을 돕는 일을 게을리 하지 않는다.

-Don Stephens

＠ *어느 날* 아침 일찍 호텔방에서 일어난다. 복도를 따라 걷다가 몇 개의 문을 지나쳐 잠시 더 걸어 나간다. 불현듯 지금이 이곳을 벗어나 아무도 영영 찾을 수 없는 곳으로 도망칠 수 있는 기회일지도 모른다는 생각이 든다. 어디에도 구속 받지 않는 진정한 자유를 누린다.

런던을 떠돈다. *항상 내가 지금 서있는 곳이 어디인지 정도는 알고 있지만, 한편으로는 길을 잃고 헤매고 있는 듯한 생각이 든다. 낯선 인파 속에서 나를 잃어버린다.*

-Adam E. Heller

    인간은 대체로 목표지향적인 동물인 것 같다. 간절히 바라건대, 사람들이 이력서의 자기소개란에 '목표지향적인' 사람이라고 적지 않았으면 좋겠다. 그것은 너무나 무의미한 말이다. 왜냐하면 모든 사람은 목표지향적이기 때문이다. 어떤 사람들은 남들과 구별되는 목표를 가지고 있다고 봐야 옳을 것이다. 한 친구는 아이가 태어나기 전에 결혼식을 올리는 것이 목표라고 했다. 다른 친구는 돈 좀 한번 엄청나게 벌어봤으면 좋겠다고 했고, 또 다른 친구는 오늘보다 나은 내일을 맞는 것이 유일한 목표라고 했다. 개인적으로 세 번째 친구가 가장 현실적이고, 좀 게으른 것 같긴 하지만 모르긴 해도 가장 합리적인 것 같다. 인생을 살아가는 방식에 따라 인간은 존재자와 행위자로 나뉘는 것이 사실이지만, 존재자적 삶이 보다 바람직하다. 왜냐하면, 짧은 소견으로 볼 때, 저마다 같은 목표를 향해 달려가며 인생을 흘려 보내고 있는 사이, 우리는 세상이 선사한 무엇과도 비길 수 없는 즐거움을 놓쳐버리고 있기 때문이다. 당신이 흘린 땀방울은 부를 쌓을 수 있게 하고, 그것으로 가질 수 있는 모든 물질적인 행복을 누릴 수 있겠지만, 그런 '물질적인 행복'이 과연 우리들의 인생을 살찌우는 것일까? 3,000달러짜리 안마의자에 누워 50인치 대형 화면으로 TV를 보는 남자가, 허름한 오두막에서 잠을 자고 오락시설이라고는 한밤 중의 귀뚜라미 울음소리가 전부인 사탕수수밭의 농부보다 나은 삶을 살고 있다고 으레 짐작할 것이다.

하지만 이른바 안락한 삶을 살고 있는 것처럼 보이는 사람들 중에서 실제로 자신이 행복하다고 느끼는 사람은 몇이나 될까? 안마의자 위의 남자가 가끔 꿈에서나 그려보는 삶을 사탕수수밭의 농부는 일상처럼 누리고 있는 것일는지도 모를 일이다.

-E. J. Sepp

◎ *인생의* 10퍼센트 정도는 죽지 않으려고 발버둥을 치는 사이 흘러가 버린다. 인생의 나머지는 아마도 마트의 계산대에서 차례를 기다리며 써 버리는 시간일 것이다.

-Tishon Woolcock

◎ *여러분* 앞에 커다란 고리처럼 타오르는 불길이 당신을 혼비백산하게 만들더라도, 주저하지 말고 화염의 고리 속으로 뛰어드십시오! 우리의 진정한 정체성을 드러내 주는 것은 다름아닌 두려움 밖에 없습니다. 두려움을 극복하면 이제 여러분 앞에 남은 것은 사랑입니다. 사랑의 그 찬란함은 열 개의 태양과도 비길 수 없습니다. 우리는 모두 진실을 갈구하고, 우리는 모두 행복을 원합니다. 먼저 자신을 사랑하는 법을 배우면 이런 선물은 저절로 따라올 것입니다. 다른 데로 눈을 돌릴 필요가 없습니다 …… 답은 항상 우리 안에 있습니다. 그리고 부디 더 이상 대중매체가 만들어놓은 혼란과 공포의 뜰에서 노니지 마시길 바랍니다.

두려움은 자신을 팔고, 우리는 그것을 사고 있습니다. 여러분은
자신이 아는 것보다 강한 존재입니다. 즐기십시오.

-Jack Dempsey Boyd

인생은 칵테일입니다. 가족, 사람들과의 관계, 놀이,
일처럼 다양한 재료로 만들어진 칵테일입니다. 모험을 받아들일
준비가 돼 있다면, 이제 자신만의 고유한 배합을 찾아 나서야 합
니다. 우리가 내리는 모든 결정은 다른 배합을 만들어 냅니다. 선
택을 하고 필요에 따라서 고치기도 하면서 배우는 가운데 자신만
의 완벽한 칵테일을 만들 수 있게 됩니다.

- "Sir Percival Blakeney"

당신에게 먼저 묻고 싶습니다. 당신의 인생은 무엇
을 의미할까요? 당신이 살아 있다는 것은 부모님이 당신을 낳을
만큼 서로 사랑했다는 것을 의미합니다. 당신이 살아 있다는 것
은 당신이 얼마나 귀찮은 존재이든지 간에, 부모님이 당신을 살
아가게 할 만큼 당신을 사랑한다는 것을 의미합니다. 당신이 살
아 있다는 것은 신께서 당신으로 하여금, 지금 이 순간 죽어야 하
는 운명이라면 끝내지 못하고 돌아갈 수 밖에 없는, 자신을 위하
고 다른 사람을 위하는 무언가 좋은 일을 하라고 보내신 것을 의
미합니다.

19

신께서 생각하시는 당신에게 좋은 일이란 어떤 것일까요? 정답은 당신에게 도움이 되고 무엇인가 가르쳐 주는 것이 있다면, 당신에게 일어나는 모든 일이 좋은 일입니다. 만일 당신에게 아무런 도움이 되지 못하는 일이 있고 신께서도 당신이 그 일을 감당할 수 있다고 생각하지 않으시면, 그런 일이 일어나지 않도록 하실 것입니다. 괴롭고 힘든 일일지라도 이겨내면 좋은 일이 됩니다. 왜냐하면 그 일로 당신은 한층 강해졌기 때문입니다. 신이 생각하시기에 당신의 도움을 입어 능히 견뎌낼 수 있다고 생각하는 일을 당신이 이겨내지 못한다면 그것은 비극입니다.

신께서 생각하시는 다른 사람에게 좋은 일이란 어떤 것일까요? 인생의 의미를 결정하는 주요 요인은 무엇을 하며 인생을 살아가고 어떻게 인생을 이해하는가와 또한 관련이 있습니다. 더 나아가, 인생의 의미는 인생을 살아가는 방식에 있다고 신께 증명해 보여야 합니다. 당신이 무엇을 하며 시간을 보내고 있는가가 당신이 실로 생각하고 있는 바를 드러낸다는 말은 종교적인 신념에 관계없이 시사하는 바가 있습니다. 만일 당신이 느끼기에 의미 없는 일에 시간을 보낸다면, 당신에게 인생은 의미 없게 보일 것이고, 아마도 참으로 비참하고 불만스러운 삶을 살게 될 것입니다. 만일 당신이 느끼기에 의미 있는 일에 시간을 보낸다면, 당신의 인생은 의미로 가득 찰 것이고, 어떤 일이 일어나더라도 당신의 삶은 진실로 행복할 것입니다.

인생은 살 만한 가치가 있을 때 의미가 있습니다. 그리고 다른 사람을 도울 때 인생은 살 만한 가치가 있습니다. 다른 사람을 돕는 방법은 여러 가지가 있고, 당신만이 할 수 있는 특별한 방법으로 남을 도울 때 인생은 가장 살아볼 만한 가치가 있습니다. 매우 빠르고 쉬운 예로 이 책을 들 수 있습니다. 누구도 이 책과 같은 방식으로 사람들에게 이런 질문을 하겠다는 생각을 하지 못했습니다. 당신은 매우 중요한 질문을 던지고 모두에게 답을 구하며 사람들을 돕고 있습니다. 당신이 모든 사람들이 응답해 주기를 기대하기에 사람들은 반응을 보이고, 하나의 답변이 나오기까지 사람들은 진지하게 문제를 생각해야 합니다. 사람들이 보내 온 답변이 진지하든지 아니든지 간에, 이런 주제에 관해 정리한 생각은 사람들로 하여금 인생에 있어 보다 많은 의미를 찾게 할 것이고, 따라서 많은 사람들을 이롭게 할 수 있는 잠재력을 지녔다고 할 수 있습니다. 나는 미래에도 당신이 많은 사람들을 도울 것이라고 믿어 의심하지 않기에, 당신의 인생의 의미는 이 프로젝트가 끝나더라도 사라지지 않을 것입니다.

엄청난 의미를 갖고 있는 삶의 또 다른 측면은 좋은 성품은 가능한 한 많이 가지려고 하고, 나쁜 성품은 될 수 있는 대로 다 버리려고 하는 자신과의 싸움에 있습니다. 이런 싸움은 평생을 두고 계속되며, 우리에게 상당히 값진 보답을 안겨 줍니다. 그러나 너무나 많은 사람들이 "이게 바로 나야"라는 변명으로 그런 싸움을 가치가 없는 것으로 치부해 버리지는 않을까 걱정스럽습니다.

저 또한 제가 가지고 있던 약점 하나를 떨쳐버리고 난 후 마음이 한결 상쾌해져, 이내 내 안의 또 다른 약점을 찾아 극복하려는 노력을 하기 시작했다는 말씀을 드리고 싶습니다. 정리하자면, 인생의 의미는 다음 세 가지에 있다고 생각합니다.

　　1) 사랑

　　2) 봉사

　　3) 좋은성품은 길러내고 나쁜 성품은 없애려는 노력

신의 가호가 있기를 기도합니다!

- Michaela Stephens

　흔히들 우연의 일치라고 말하는 일이 내 삶에 일어났다. 어떻게 그리고 왜 그런 건지는 알 수 없지만, 그로 인해 지성이나 삶의 명령이 존재한다는 생각을 하게 됐다. 시리얼 상자 속의 작은 알갱이들이 상자를 흔들면 밑바닥을 향해 나아가듯이, 비슷한 것은 서로를 유인하고 있는 듯한 느낌이 든다.

내 마음을 사로잡을, 대개는 광고도 내지 않는 그런 집을 어느 부동산 중개인이 소개해 줄지 고민할 때 들었던 느낌이랄까? 비슷한 것은 서로를 유인한다.

인생은 아름다울 수도, 잔인할 수도 있다. 치를 떠는 장면을 보고 소름 끼치는 소리를 듣는다면 인생은 괴로울 것이다. 그래서 내가 말하려는 **요지는 이 문제에 정답은 없다는 것이다 우리의 감성적인 만족감을 절대 충족시켜줄 수 없다는 점에서, 인생은 도덕적이고 윤리적인 패러독스다.**

갈등은 존재한다.

하지만 인생은 패러독스라는 사실을 인식하고 그런 관점에 따라 살아가는 것은 가능한 일이다. 당신은 자신의 긍정적이고 부정적인 감정은 부정할 수 없고, 마찬가지로 긍정적이고 부정적인 삶도 물리칠 수 없다.

인생은 하나의 선물이자 동시에 의무이다.

나는 20대를 종교와 철학을 공부하며 보냈다. 나 자신을 도교 신자라고 생각하지만, 다른 모습 또한 많이 가지고 있다. 인생에 대해 실용주의적 관점을 견지하는 터라, 일에서 삶의 기쁨을 찾는다. 일에서 재미를 느끼고, 일은 내 마음에 든다. 모든 사람이 나와 같지는 않을 것이다.

얼마 전에 변화하는 가치를 품는 것은 건강에 유익하다는 글을 읽었다. 한 수학자가 기르던 고양이의 일화를 소개했는데, 그 고양이는 처음에 생선보다 닭고기를 더 좋아했다가, 나중에 닭고기보다 소고기를 더 좋아했다가, 결국에는 다시 소고기보다 생선을 더 좋아하게 됐다는 내용이었다. 내일이면 아마 나도 다른 것을 믿고 있을는지도 모른다. —Anonymous

◎ *제가* 배운 바는 이렇습니다. 설사 여러분께서 제 의견에 동의하지 않으시더라도, 적어도 이것이 옳은 말이기를 바랍니다. 제가 여러분께 부탁 드리는 것은 지금 이 순간부터 신께서 내리시는 사랑과 내 안의 영혼에서 자라나는 사랑에 귀를 기울이시라는 것입니다. 세속적인 생활을 포기하고 수도원에 들어가실 필요는 없습니다. 성심을 다해 사랑하는 법만 배우시면 됩니다. 사랑하는 대상을 사람에만 국한시키는 것은 아닙니다. 해넘이, 낚시, 수영, 오렌지 주스, 고양이, 고갱(Gaugain)의 그림과 같은 모든 것을 사랑하십시오. *사랑하고, 또 사랑하고, 더 사랑하십시오. 쏟아 부을 수 있는 모든 정열을 다해 사랑하십시오. 기를 써서라도 삶이 여러분에게 선사하는 이 축복을 누리십시오. 즐길 수 있을 때까지 즐기십시오. 그 대상이 무엇이든지 간에, 여러분은 이 모든 것을 누리게 돼 있습니다.* 도움이 된다고 생각되면 언제라도, 또 다른 삶에 자신을 내던지십시오. 삶을 살아가는 자신을 받아들이십시오. 이게 전부입니다.

—Ralph A. Gessner

◎ *인간의* 충동과 관련해서 인생의 의미를 생각해 봤습니다.

자신을 이해하는 데 따르는 문제는 이해하려는 대상에 자신이 속해 있다는 것이 정확한 관찰을 방해하는 데 있습니다. 예를 들어 설명하자면, 한 물체가 이동하기 위해서는 외부에서 미는 힘이 반드시 가해져야만 합니다. 스케이트 보드에 올라타서 그 위에 두 발을 모두 올려놓은 채 움직이려고 해본 적이 있습니까? 가까스로 균형을 잡으면서 미미하게나마 움직일 수는 있겠지만 다른 장소로 이동한다는 것은 거의 불가능합니다.

인간의 마음은 이해하기 어려운 야수와도 같아서 스스로가 그 자신을 이해하지 못하게 만듭니다. 잠재의식이 별개의 표현수단으로 작용하여, 꿈은 인간의 마음을 이해하는 통로가 됩니다. 마약은 틀을 벗어나 생각할 수 있게 하는 또 다른 방법입니다. 황홀하게만 들리지만, 사실 마약은 우리의 능력으로도 모두 다다를 수 있는 곳으로 향하는 불완전한 지름길일 뿐입니다. 훈련을 통해 우리는 신체의 모든 자율적인 기능을 통제할 수 있습니다. 의지와 훈련의 충만한 힘이 수반되기만 한다면, 우리는 심장도 멎게 할 수 있습니다.

인간의 정신과 육체의 작동 원리는 놀라울 정도입니다. 생체조직 내의 신경전달물질과 영양소의 수치는 그날 그날의 몸 상태를 좌우합니다. 가끔 내 상태를 조절하고 정신을 집중해 보려고 하지만 그럴 수 없다는 것을 알게 됩니다. 그리고 때로는 건강에 정말로 유익한 저녁을 먹었을 뿐인데 창의력이 절정에 오르기도 합니다.

저는 항상 인생의 의미를 찾는 데는 굳이 현명한 사람이 필요하지 않다고 생각해 왔습니다. 가끔 정말로 필요하다고 느끼는 것은 행복입니다. 만일 여러분이 세상을 살아가면서 진실로 행복하다면, 여러분은 인생의 의미를 찾는데 있어 저보다 앞서 있는 셈입니다.

세로토닌(Serotonin)은 뇌와 신체에 존재하는 화학물질로 우리가 행복하다고 느끼는 정도를 결정합니다. 세로토닌은 편안하게 세상을 바라볼 수 있게 하고 주변 사물과 자신을 이해하는 데 도움을 줍니다. 여러분이 사랑에 빠졌을 때, 세로토닌 수치는 치솟습니다. MDMA, 5-htp, 프로잭(Prozac)과 같은 SSRI 제제 등 세로토닌에 영향을 미치는 약품들이 자기 자신에 대한 감정을 나아지게 할 수 있다는 사실은 놀랍습니다. 앞서 언급한 행복감을 조절하는 화학물질들이 체열, 배고픔, 피로의 정도까지 조절한다는 사실은 기묘합니다. 여러분이 보다 행복해질수록, 보다 많은 에너지를 갖게 된다고 볼 수 있습니다.

그러나 인생은 세로토닌 수치 하나로 다 해결되는 그런 간단한 것만은 아닙니다. 세상에 있는 세로토닌을 다 가진다 하더라도 영원히 만족하며 살 수는 없습니다. 수많은 요인들이 뒤섞여 있지만, 한가지만 더 알려드립니다. 바로 도파민(Dopamine)입니다. 뇌의 이 화학물질은 뭔가를 이뤄냈을 때 여러분의 기분을 유쾌하게 합니다. 힘든 경쟁에서 승리하고, 임금이 인상되고, 혹은 값진 목표를 이뤄냈을 때 여러분이 느끼는 쾌감은 도파민의 작용으로 인한 것입니다. 대부분의 중독성 약물은 도파민 수치에 영향을 미칩니다. 예를 들어, 모든 종류의 코카인 약물은 도파민 수치에 영향을 미칩니다. 코카인을 복용하면 자신이 대단한 일이라도 한 양 여겨지고, 이런 점이 중독을 일으키게 합니다. 코카인 중독자들이 자신만의 세계에 갇혀 지내는 것처럼 보이는 것도 이런 이유에서입니다. 이런 신경전달물질은 본래의 목적에서 벗어나 정신과 육체에서 일어나는 다른 많은 현상의 원인이 됩니다.

인간이 항상 행복할 수 만은 없는 존재라는 것은 분명한 사실입니다. 만일 그렇지 않다면, 이상하게 들릴지 모르겠지만, 언젠가는 성이 차지 않는 순간이 올 것이고, 결국 수면과 영양, 기타 다른 요소들의 결핍으로 죽음에 이를 것입니다.

어느 한쪽에 치우치지 않으려고 노력하면서, 인간은 행복해야 하고 또한 슬퍼해야 한다는 깨달음에 다다랐습니다. 도교의 가르침을 빌리자면, 이것이 인생의 이중성입니다. 인간이 행복을 누리기 위해서는 슬픔을 안고 있어야 합니다. 슬픔이 없다면 행복을 가늠할 수 있는 대상이 없을 것입니다. 또한 성취감이나 다른 사람들과의 끈끈한 유대감도 존재하지 않을 것입니다.

뇌 속의 화학물질들이 모두 제 기능을 하지 못해 극단에서 극단을 오가며 다른 무엇보다도 인생의 이중적인 본질을 경험합니다. 보다 많이 열광하고 행복할수록 나중에 더 많이 우울해집니다. 하지만 일반적으로 우울해진다는 것이 나쁜 것은 아닙니다.

적어도 나는 그렇게 생각하려고 합니다. 그것은 인생의 다른 요소들을 생각하고 삶의 경이로운 일들을 진심으로 음미할 여유를 주는 말하자면 비가동 시간과도 같은 것입니다. 또한 다음에 올 흥분의 도가니를 준비하는 시간이기도 합니다.

인생은 예기치 못한 기쁨과 슬픔의 순간들로 가득합니다. 때때로 우리는 인생의 그런 혹독함에 휘말립니다. 가끔은 한걸음 물러나 세상에 이끌리는 자신의 감정과 반응에 충실하려는 것이 중요합니다. 한걸음 물러나 본다면, 자신에게 일어나는 모든 상황에서 의미를 찾고 인생의 의미에 가까이 다가갈 수 있습니다.

인생의 의미를 이해하는 것은 삶이 선사하는 모든 것을 경험하는 데서 출발합니다. 진실로 느끼고, 진실로 사랑하고, 진실로 증오하고, 진실로 살아간다면, 뇌의 의도와 여러분의 주변 사물의 본성을 이해하기 시작할 것입니다. 인생의 의미를 한번 생각해보는 것만으로는 아무것도 얻을 수 없습니다. 마음은 그 비밀을 쉽게 알려주지 않습니다.

–Dave Brown

이제 스무 살이라서, 인생을 바라보는 시각이 아직은 뭐랄까 …… 아련하다고 할까요. 좀 더 살아봐야 될 거 같아요. 내 생각이 독창적인지는 모르겠지만, 아니라고 해도 적어도 내 힘으로 여기까지 왔어요. 인생의 진정한 의미는 '인생의 의미를 찾는 데 있다'고 생각해요. 순환정의를 하려는 게 아니라, 단지 이토록 심오한 주제를 일반화시킨다는 것은 잘못됐다는 걸 말하려는 거예요.

저마다 다른 전세계 60억 명의 사람들도 공통적으로 가지고 있는 뭔가가 있을 수 있겠지만, 인생의 의미라는 문제에 있어서는 어떨까요? 이 문제는 '당신의 인생의 의미는 무엇인가요?' 라고 해야 좀 더 정확할 거예요. 당신은 누구죠? 당신은 왜 여기에 있죠? 당신은 무엇을 찾고 있죠?

저는 지금도 내 인생의 의미를 찾고 있는 중이고, 인생의 의미를 찾아나서는 것이 바로 인생의 의미라고 생각해요.

-David Yim

내게 있어서 인생의 의미는 처음 태어났을 때보다 나은 세상을 돌려주고 가는 데 있다. 많은 사람들이 세상에 오고 가며 작은 파장을 만들어내고, 그것은 시간이 흘러감에 따라 차츰 바래져 이내 역사의 소음 속으로 사라져 버릴 것이다. 그러나, 선택 받은 소수의 사람들은 카오스 이론에서의 나비와 같은 역할을 담당하게 될 것이다. 어쩌면 하찮게 보일지도 모르는 행동으로도, 그들은 인류 문화의 풍경에 지속적인 영향을 미치는 변화의 물결을 만들어내기 시작할 것이다. 나 또한 어떻게든 장기간에 걸쳐 인간의 생존환경을 향상시키는 물결을 일게 할 수 있게 되기를 바란다.

-Hans Gerwitz

29

☞ **영원으로** 대변되는 시간의 연속체에서, 삶은 단지 명멸(明滅)하는 의식이다.
-Jim Paredes

☞ **인생에는** 의미가 없지만, 인간으로서 우리는 자신의 존재를 정당화하기 위해 의미나 목적 따위를 결부시키려 듭니다. 사람들은 과거를 돌아봐야 하는데도, 삶의 의미나 방향을 찾기 위해 미래를 내다보려 합니다. 인생을 돌이켜보고 입가에 미소가 지어진다면, 의미 있는 삶을 살았다고 할 수 있습니다. 만약 그렇지 않다면, 그 반대의 경우라고 할 수 있습니다. 간단한 문제입니다.
-Mathew Thompson

☞ *1991년* 버지니아 남동부의 장신구와 의류를 파는 한 골동품 가게에서 친구와 쇼핑을 하고 있었습니다. 친구가 장신구를 고르고 있는 동안에, 나는 남성복 매장을 둘러보며 살 만한 물건이 없나 살펴보고 있었습니다. 당시에 나는 대학에 다니고 있었고 어머니와 함께 살았는데, 여름방학 동안에 하게 될 일에 걸맞는 청바지와 티셔츠보다는 좀 고상한 복장이 필요했습니다.

내 눈을 사로잡은 세로 줄무늬의 검은색 정장은 42달러밖에 하지 않았습니다. 꼬리표에는 '1960년대' 제품이라고 적혀 있었지만, 유행에 뒤떨어지지 않는 기품있는 옷이었습니다. 재킷을 입어 봤는데 내 몸에 맞춘 듯 꼭 들어맞았고, 바지는 기장을 조금 줄이기만 하면 될 것 같았습니다. 그 옷을 사서 집에 가지고 들어와 옷장에 걸어 뒀습니다.

몇 일이 지나고 어머니께서 지난 번에 샀다는 옷은 어쨌냐고 물으시길래, 재킷을 입고 한번 보여드렸습니다. 어머니께서는 괜찮아 보인다고 말씀하시더니 상태를 확인해 보신다고 재킷의 안감을 만져 보셨습니다. 그리고 이내 안주머니 근처에서 손을 멈칫거리시더니 자그마한 하얀 카드 한 장을 꺼내셨습니다. 어머니께서 읽어보시고 나서, 나도 읽어보고, 그리고 우리는 정말 어쩔 줄 몰라 했습니다.

그것은 오하이오 주 포츠머스의 국가유공자단체 회원카드였습니다.

몇 년이 지난 지금에도, 나는 당황해 하며 뚫어져라 카드만 쳐다봤던 그 순간을 생생히 기억합니다. 어머니께서는 내가 옷을 샀을 때부터 카드가 그 안에 있었다고 믿지는 않으시지만, 나는 그렇다고 믿고 있습니다. 다음날 옷을 산 가게에 가서, 주인에게 물어보기까지 했습니다. 가게 주인은 팔고 있는 옷들 중에서 일부는 오하이오 주 윌러스버그에서 비슷한 가게를 하고 있는 언니한테서 얻었다고 했습니다.

오하이오 주 윌러스버그는 포츠머스에서 몇 마일밖에 떨어지지 않은, 내가 태어난 곳입니다.

카드에 적혀있던 이름은 빌 앳킨슨(Bill Atkinson)이었습니다. 나의 아버지 빌 앳킨슨은 내가 태어나기 몇 달 전에 오하이오 리버(Ohio River)에서 보트 사고로 돌아가셨습니다. 아버지께서 돌아가시고 나서, 할머니께서는 아버지의 옷가지 몇 벌을 내놓으셨습니다. 그 옷은 바로 아버지의 옷이었습니다. 돌아가신 지 22년이 다 돼 500마일이나 떨어진 곳에서 아버지께서 입으셨던 옷을 산 것입니다.

여기까지 말을 했는데도 아직도 이 안에서 뭔가 의미를 찾지 못하시겠다면, 저도 더 이상 뭐라 드릴 말씀이 없습니다.

-Ted Atkinson

나는 신을 믿지만 조직화된 종교와 같은 그런 방식은 아니다. 나는 신이 우리를 하나의 실험으로써 창조했다고 생각한다. 또한, 우리는 그런 신에게 커다란 즐거움을 선사하고 있다고 생각한다. 신이 우리를 창조한 동기가 어쨌거나 내가 하려는 일을 막는 것은 아니기 때문에 이것을 문제 삼을 생각은 없다. 나는 진심으로 고맙게 생각한다. 왜냐하면 신이 우리를 창조하겠다는 생각을 하지 못했더라면 나는 여기에 없었을 것이기 때문이다. 초콜릿이나 맥주, 때로는 그 둘을 동시에 맛보는 즐거움도 누리지 못했을 것이다! 한가롭게 앉아서 인생의 의미를 고민하는 일도 없었을 것이다. 하지만 나는 이 모든 것들을 할 수 있고, 이것은 정말 근사한 일이다. 우리는 최선을 다하고 자신을 해치지 않아야 할 의무를 신에게서 부여받았다. 개인적인 차원에서 해야 하는 일이라고 생각하기에 나는 옳은 일을 하려고 갖은 노력을 다하면서도, 짐짓 겉으로만 그러는 척 하지 않으려고 애쓰고 있다. 나도 가끔 뭐랄까 배알 꼴린 유머를 할 때도 있지만, 신이 내가 그래도 괜찮은 녀석이라고 생각하고 있을 때까지는 그것을 신경 쓸 것이라고는 생각하지 않는다.

누구보다 독실하게 환생에 대한 믿음을 갖고 있는 사람으로서, 나는 세상에 천국과 지옥이 있다고 믿는다. 내가 지금 살고 있는 삶은 과거의 삶의 내세(來世)이다. 나는 내세의 삶을 내가 바라는 천국으로 만들 수 있다. 이것이 세상의 이치라는 것을 알고 있기에, 나는 다른 사람들 보다 행복하다.　　　　　　　　　－Heather Kennedy

내게 **있어서 인생의 의미는** 삶을 대하는 태도와 관련이 있습니다. 도움이 필요한 친구에게 손을 내밀거나 얼굴에 미소를 띄고 모든 사람을 대하는 것과 같은 일입니다. *삶의 무게에 짓눌리지 않고, 큰 일이든 작은 일이든지 간에, 일상의 승리에 환호하는 일입니다.*

기름이 떨어지기 전에 주유소에 도착하셨어요? 야호!

오늘 어떤 사람을 웃게 만드셨어요? 야호!

이제 암에서 회복되고 있으세요? 야호!　　　　　－Kristy L. Hodson

◎ *인생은* 단지 패러독스일 뿐이다. 패러독스는 이성적인 답으로는 풀리지 않는 문제이다. 패러독스가 존재하기 위해서는, 그것이 '사고의 과정' 속에 있어야 하고, 이 말은 패러독스가 존재하기 위해 누군가 그것을 풀려고 노력하고 있어야 한다는 것을 의미한다.

이것은 마치 인생과 같다 …… 누군가 인생을 살아야만 인생이 존재한다.

세상을 보다 잘 이해하기 위해서, 고등학교 시절 한 선생님은 내게 항상 어떤 상황을 다른 관점, 다른 각도, 다른 시각 등으로 바라보라고 말씀하셨다. 시간이 흘러, 우리는 모두 점차 자신의 시각을 인생을 바라보는 유일한 시각으로 받아들일 수 있게 되었다. 이것은 인생은 우리가 그것을 인식하는 바라는 것을 의미한다. 인생에 있어 다른 '요건'은 없기에, 우리가 여기에 왜 있는지 정확히 말하기란 어렵다. 기본적으로, 우리가 알고 있는 것은 인생 그 자체이다. 그리고 그 이상도 그 이하도 아니다.

그렇다면, 인생의 의미는 무엇일까?

자 먼저, 인생이란 어떤 존재를 말하는가? 인간은 자신의 존재를 인생이라고 부른다. 기본적으로, 인생=존재.

그렇다면 다음과 같은 질문이 뒤따른다. 우리가 존재하는 이유는 무엇인가? 이것은, 인생을 패러독스로 만드는, 존재의 모순을 설명함으로써 '답할' 수 있다.

우주를 생각해 보자. 전문적으로 말하자면, 우주는 하나의 진공(眞空)이다. 진공은 아무것도 없는 상태를 일컫는다. 그래서, 우리는 무(無) 속에 존재하는 것이다.

우리는 무(無) 속에 존재한다 …… 인생의 기본적인 패러독스이다. 인생은 아무것도 아닌 동시에 전부이다. 이제, 다시 질문을 던질 것이다. 인생의 의미가 무엇인가? 내가 생각하는 답은 이렇다. 인생 자체가 인생의 의미이다.

-Artur Borys

한마디로 얘기하자면, 사랑입니다. 객관적인 지표로 표현할 수 있는 사랑이 아닌, 우리를 한데 엮고 있는 심오하고 영속적인 무엇이며, 냉소와 비통에 빠지지 않게 하는 공감의 유대입니다. 가족에 대한 사랑, 친구에 대한 사랑, 긴 여름밤과 밝은 겨울낮에 대한 사랑, 음악에 대한 사랑, 딸기에 대한 사랑, 흔들거리는 의자의 삐걱거리는 소리에 대한 사랑, 해변에 대한 사랑, 축구에 대한 사랑, 세상과 세상을 살아가는 사람들에 대한 사랑. 인생 그 자체에 대한 사랑.

-Matthew Penniman

말로 표현할 수 없는 거라고 생각해요. 어느 순간에 느끼게 되는 감정이죠. 사랑하는 사람과 이 시간을 함께 하고, 나를 매혹시키는 나무 한 그루와 서있고, 자신과 완전히 하나가 될 때

드는 생각이에요. 경험이지 개념이 아니라서 시간이 흐른다고 해
서 분명해지는 건 아니에요.   -Joel Rosenfeld

      42세에(궁극의 질문에 대한 더글라스 아담스의 바로 그 대답이었던 나이에), 서점을 운영하고, 석사과정을 밟고 있으며, 결혼을 했고(재혼이며, 10년차 부부이고, 초혼보다 오래 가고 있으며), 기독교도이고(기독교 신자임은 인정하지만 이에 얽매이기는 싫은 전형적인 영국식 사고방식을 가지고 있으며), 열 여덟살 난 아이의 아버지이자, 세 살짜리 아이의 계부인 내가 생각하는 인생의 철학은 가능성을 항상 열어두라는 것입니다. 여러분과 내가 생각해 낼 수 있는 최선과 최악의 경우 모두에서, 그리고 그 정도를 훨씬 뛰어넘는 수준에서도 어떤 일이든지 일어날 수 있습니다. 2001년 9월 11일, 나는 그 주 토요일에 있는 내 오랜 친구의 결혼식에서 사람들을 앞에 놓고 말을 할 자리가 있어 시애틀에 있었습니다. 결혼식은 진행됐고, 그 친구의 가족들은 올 수 없었지만 다른 사람들은 모두 참석했습니다. 우리는 하나같이 이 자리에서 인생과 생존에 관한 이야기를 하는 것이 중요하다고 생각했습니다. 어떤 일이든지 일어날 수 있으며, 우리는 그런 상황에 준비가 되어 있어야 하고 그것을 기꺼이 받아들여야 합니다. 항상 열린 마음, 열린 가슴으로 살아가십시오. 그렇습니다. **힘든 일이 닥치더라도 결정을 내리되, 영원한 것은 없고 불변하는 것은 없으며 실제로 일어나는 일**

이 결국에는 당초 계획보다 나을지도 모른다는 생각을 갖고 임하십시오. 충만한 삶을 살고, 일찍이 우리보다 노련하고 현명한 식자(識者)들이 말했듯이 현재를 즐기십시오. 여러분 앞에 놓인 모든 기회를 활용하십시오. 아, 그리고 공짜 음식은 절대로 굳이 사양하지 마십시오.

-David Simpkim

   내게 있어서 인생의 의미는 각각의 개인들로서 우리 자신의 평형상태를 찾는 데 있다. 우리를 행복하게 만들고, 균형을 맞추며, 건강하게 유지시켜 주고, 약하게 만들며, 힘을 주고, 앞으로 나아가게 하며, 방해하고, 동기를 부여하며, 우리를 파멸시키는 것을 찾는 것이다. 가끔 그것은 행동, 사고, 이미지, 타인, 국가, 철학, 종교, 컬트문화, 책, 영화, 웹사이트 같은 것이다. 그 점이 이 질문이 너무나도 위대한 이유이다. 이것은 우리의 개인적인 특성, 관계, 스스로에게 내리는 정의에 질문을 던지는 데 도움을 준다.

-Kate Losowsky

   인생의 의미는 바다에 작은 물체를 던져 쓰나미를 창조하는 것이다.

-Danny Wolfman

   시간의 문제에 있어 인생은 짧다. 그러나 특정한 양의 시간이 우리에게 부여됐다. 당신이 태어난 순간부터 당신은

37

죽기 시작한다고 알려져 있다. 그것은 물론 그것을 바라보는 단지 한가지 방법일 뿐이다. 그러면 다시, 그것이 단지 끝이 나도록 되어 있다면 삶은 왜 창조되었을까? 왜 우리의 육체는 단지 오래 지속될 뿐이고 자원은 한정된 것일까? 질병, 역병, 기근, 전쟁, 살인, 재해, 그리고 '왜' 라는 질문이 왜 있는 것일까? 누가 중력과 같은 자연의 법칙을 만들어낸 것일까? 행성은 왜 그들이 도는 방식처럼 원을 그리며 도는 것일까? 왜 계절은 망설임 없이 오고 가는 것일까? 우리는 왜 이 도시에, 이 국가에, 그리고 우리가 놓여진 환경에 놓여진 것일까? 차라리 다른 질문으로, 왜 우리는 위에서 언급한 비극에 대해서 양심의 가책을 느끼고 동정을 하는 것일까? 왜 인간은 마음에 애정을 갖는 것일까? 왜 당신이 사랑에 빠지고, 결혼을 하고, 가족을 구성하고, 다른 개인의 정신, 육체, 영혼과 연결되는 것일까? 친구는 무엇일까? 당신의 친구는 누구인가? 우리가 적을 갖는 이유는 무엇인가? 내가 시기받고 증오되는 이유는 무엇인가? 우리는 너무나 많은 질문을 갖고 있고, 정답은 그리 많아 보이지 않는다.

인생의 의미를 논할 때, 우리는 인생의 뜻을 의미하는가? 아니면 혹시 중요성을 말하는가? 인생의 목적은 아닌가? 이것은 쉬운 문제이다. 인생은 목적의 존재이다. 인생은 목적을 위해 창조되었다. 한가지 목적을 위해서, 혹은 여러 가지를 위해서. 우리는 모두 우리의 목적은 찾았는가? 우리는 할 수 있다.

어떤 다른 방법으로 우리를 둘러싼 지배를 설명할 수 있을까? 하지만 그것은 어떤 특정한 창조자인 그의 목적을 위한 것이다. 왜 어떤 사건이 그 시간에 일어나는 것인가? 왜냐하면 그것은 '의지'가 수반되고 있기 때문이다.

자신의 목적을 찾아라. 그리 어렵지 않은 일이다. 그것은 당신을 위해 적혀 있다. 당신의 마음과 영혼에 적혀 있다. 그것은 다른 사람들에 대한 애정 속에 당신을 묶는다. 그것은 당신이 이해할 수 없는 자연의 경이로움에 경외심을 갖도록 만드는 것이다. 그것은 우리의 마음을 가라앉히고 우리의 정신을 고양시킨다. 내 목적은 봉사하는 것이다. 나는 심부름꾼이다. 나는 하인이다. 평화가 있기를.

-Aaron Patino

나는 단 두 편을 보고 나서 워너브라더스(WB)사의 잭 앤드 바비(Jack and Bobby)에 중독됐다는 사실을 말해야 할 것 같습니다. 그러나 그것은 컬트문화의 부상에도 불구하고 이미 빠르게 마이 소-콜드 라이프(My So-Called Life)와 프릭스 앤드 긱스(Freaks and Geeks)의 전철을 따라 한 시즌 후 종영을 맞고 있습니다. 살아남기에는 너무 지적입니다. 이 쇼는 동시대에 미국에서 성장해 가는 두 십대 형제를 쫓습니다. 그 중의 한 명은 자라서 몽상가적인 미국의 대통령이 됩니다. 쇼의 구성은 독창적이며, 한 사람의 양육이 어떻게 미묘하게 그 사람의 미래 인격의 가치를 형성하는지 그려냅니다. 이 시리즈의 선전문구는 시작부터 나를 사로잡았습니다. "당신 바로 옆에 서 있는 위대함을 알아보시겠습니까?"

우리가 운명을 믿는 것은 예사로운 일입니다. 빌 클린턴 자서전의 전반부는 이런 정서에 호소하고 있기에 굉장한 읽을거리입니다. 일학년 때 클린턴의 선생님이 그의 어머니에게 아들이 자라서 대통령이 되거나 로즈가든(The Rose Garden)에서 어린 클린턴과 JFK가 불명예스러운 조우를 하게 될 것이라고 말했던 일화가 그런 예의 하나입니다.

여름 내내, 나는 마이클 뱀버거(Michael Bamberger)의 원더랜드(Wonderland)를 읽었습니다. 그 작품은 필라델피아고등학교 여러 최고학년 학생들의 삶을 시간 순으로 기록하고, 인생을 돌이켜 봤을 때 고등학교 시절이 특별히 더 기억에 남는 이유를 정확하게 집어냅니다. "공상이 이보다 더 풍부한 때가 있을까요? 성인으로서 자신의 진정한 면모를 볼 수 있을 정도로 나이가 들었지만, 꿈을 꾸기에는 아직 충분히 젊습니다. 당신은 이럭저럭 경험과 꿈, 그 둘을 섞습니다.

인생에서 무엇을 할 것인가에 대하여 우리 반 친구들과 얼마나 많은 대화가 돌고 돌았는지 기억합니다. 크리스 무어(Chris Moore)는 농구스타가 될 것입니다. 브랜든 휴즈먼(Brandon Huseman)이 속한 밴드의 앨범은 백만 장이 팔릴 것입니다. 펠론 캐롤(Fallon

우리는 오래 살기 위해서가 아니라
옳게 살기 위해서 노력해야 한다.

We should strive, not to live long, but to live lightly.

－세네카 「서한집」

Carrol)은 최초의 여성 대통령이 될 것입니다. 이제 이 년이 지났을 뿐인데, 이미 우리는 모두 자신과 타협을 하고 있는 것처럼 보입니다. 우리는 세상을 다 가지고 게다가 행복해지고 싶었습니다. 이제 우리는 행복해지기만을 바랄 뿐입니다. 우리가 좀 더 현실적이 된 것일까요, 아니면 그냥 나태해진 것일까요?

치열한 경쟁이 없었을 때 나는 고등학교에서 정말로 기대 이상의 능력을 보여주었고, 로터리 클럽(The Rotary Club)이 나를 알아보는 것도 시간 문제라는 것을 알았습니다. 내가 하루 종일 낮잠을 자더라도 신경 쓰지 않는 이만 팔천여 명의 사람들의 바다에서 떠돌아다니는 지금, 어떤 일을 하는 것이 점점 어려워집니다. 나의 무관심이 너무나도 교묘하게 몰래 기어 들어와서 나는 그것을 절대 알아채지 못합니다.

잭 앤드 바비(Jack and Bobby)에서 허구적 후보의 이상주의, 아니 보다 구체적으로 말해, 클린턴과 한때는 보잘것없는 대학생이었던 2004년 대통령 후보들을 비교해 봅시다. 그들은 매우 유서 깊은 교육기관에 다니고 유복한 양육을 받았지만, 대부분의 경우에 천문학 수업시간에 우리 옆에 앉아 있는 모르는 사람들과 다를 바가 없었습니다. 그리고 어느 날, 천문학 시간 내내 자고 있는 피츠버그나 예일 혹은 모모 대학교의 어떤 사람은 미국 대통령에 입후보하겠다고 발표할 것입니다.

유치원에서 우리는 자라서 원하는 것은 무엇이든지 될 수 있다고 배웠습니다. 그것은 여전히 사실입니다. 친구들과 연락하고, 많은 좋은 추억과 함께 대학에서 나올 수 있도록 합시다. 하지만 우리의 꿈의 무게가, 그것이 무엇이든지 간에, 우리를 짓밟게 하지 맙시다.

너무 어려서 할 수 없었던 모든 일들에 화가 나 있었던 우리의 모든 삶들을 떠올려 봅시다. 롤러코스터를 타기에는 너무 어리고, 다이하드(Die Hard)를 보기에는 너무 어리고, 운전을 하기에는 너무 어리고, 술을 마시기에는 너무 어렸습니다. 마침내 우리의 시간이 찾아왔습니다. 이라크에 갈 수 있습니다. 11월에 투표를 할 수 있습니다. 그리고 우리는 미래를 만들기 시작할 수 있습니다. 그러나 몇 년 안에 우리는 우리에게 책임이 있다는 사실을 깨닫게 될 것입니다. 나는 마지막에 내가 머문 자리에서 편안한 기운을 꼭 느끼고싶습니다. 나는 국가정치가 나를 위할 것이라고는 생각하지 않지만, 나는 정말로 내가 할 수 있는 한 내 꿈을 놓지 않으려고 합니다.　　　　　　　　　　　　　-Daron Christopher

매 순간을 충만하게 산다. 절대 다음 순간을 볼 수 있으리란 기대를 하지 않는다. 어떤 것에도 의지하지 않는다. 누군가에게 안녕이라고 말할 때, 말하지 않은 것이 없고, 듣지 않은 것이 없고, 하지 않은 것이 없게 남긴다. 후회를 하지 않는다. 나중에 후회할 일을 하지 않는다. 아무것도 후회하지 않는다. 나이가 든다는 생각이나, 더 늙는다는 예상을 갖고 살지 않는다. 왜냐하면, 당신은 문을 나서자마자 죽을 수도 있기 때문이다. 삶은 죽음이 불가피하고 불가결하다는 사실을 인정하고 있다.

우주. 한번 그려 보자. 양성자는 쿼크로 구성되었고, 전자 또한 마찬가지이다. 이런 것들이 모여 원자를 구성한다. 많은 원자가 모여 분자를 구성한다. 많은 분자가 모여 세포를 구성한다. 많은 세포가 모여 기관을 구성한다. 기관이 모여 유기체를 구성한다. 유기체와 그 밖에 같은 경로로 만들어진 것들이 모여 행성을 구성한다. 행성이 모여 태양계를 구성한다. 태양계가 모여 은하를 구성한다. 은하가 모여 은하단을 구성한다. 이것들이 우주를 구성한다. 아마도 하나 이상의 우주가 있다. 어떤 경우이든지 간에, 모두 단 하나의 쿼크 안에 담겨 있다. 모든 것들은 연결되어 있고, 모든 것들은 관련이 있다. 세상은 순환고리처럼 작동한다.

만물. 만물은 자리와 목적이 있다. 아마도 당신의 목적은 당신이 생각하거나 바라는 것이 아니다. 당신의 목적이 무엇이든지 간에, 당신은 단지 존재함으로써 그것을 충족시킬 것이란 사실에 안심해라. 당신은 세상을 점령하도록 되어 있을는지도 모르고, 암을 치료하도록 되어 있을는지도 모른다. 혹은 당신의 목적을 절대 충족시키지 못했다고 생각하며 집에서 혼자 추위에 떨다가 죽기로 되어 있을는지도 모른다. 그러나 이제, 눈을 감으면 지난 주에 당신이 가장 아끼는 야구 글러브를 가엾은 어린아이에게 줬던 것이 기억난다. 그 아이는 자라서 유명한 투수가 됐다. 만물은 목적을 갖고 있고, 그리고 모든 목적은 다른 모든 목적만큼 중요하다.

사람들. 사람들은 다르다. 과학이 이것을 증명했다. 서로 같은 한 쌍의 지문은 없다. 같은 정보를 담고 있는 한 쌍의 DNA 가닥은 없다. 누군가가, 심지어 당신의 아이들조차도, 당신과 같을 것이란 기대를 하지 말아라. 왜냐하면 그들은 그렇지 않을 것이기 때문이다. 유일한 당신은 바로 당신이다. 당신이 생각하는 것을 생각하거나, 당신이 믿는 것을 믿도록 누구에게도 강요하지 말아라. 의견과 신념은 추측에 불과하고, 100 퍼센트 증명된 것은 아무것도 없다. 모든 사람, 모든 것을 똑같이 그리고 조건 없이 사랑해라. 당신이 동의하지 않는다고 하더라도 다른 사람의 신념과 의견을 존중해라. 결국엔 그들도 당신처럼 행동할 것이다.

내가 틀렸을 수도 있다. 아마 그랬을 것이다. 하지만 당신도 알다시피, 세상을 바라보는 이보다도 못한 방법들이 있다.

-Sephiroth Evangelion

인생에는 의미가 없다. 적어도 우리들이 낭만적으로 묘사하는 그런 방식은 아니다. 사슴에게 인생의 의미가 뭐냐고 물어본 사람이 있는가? 물고기에게? 개에게? 꽃에게? 아니다. 인간이 다른 생물형태와는 상당한 거리가 있고 우월하므로 우리의 존재가 어떤 특별한 '의미'를 갖고 있다고 생각하는 것은 자만적이다.

나는 인간의 인생에 있어 진정한 의미는 다른 어떤 종(種)의 그 것과 같다고 믿는다. 먹고, 배설하고, 즐기고, 자손을 낳는다. 인 간은 인생의 의미를 찾는데 너무나 많은 노력과 시간을 소모한 다. 삶을 보다 낫게 만들고 싶다면, 질문할 거리조차 되지 않는 것을 분석하는데 시간을 버리지 말고 그냥 인생을 살아라.

그것이 무엇이든지 간에, 당신을 행복하게 만들어줄 수 있는 일을 하기 위해 인생을 살아라.

–Aleesha

◎ *사람들은* 서로 사랑하고 증오하며, 어떤 것도 그것 을 바꾸지 않는다. 우리는 '옳다, 그르다, 너의 잘못이다, 너는 내 게 빚을 졌다, 일부러 그런 것은 아니다, 너의 문제는 이것이다' 라고 주장을 하지만, 결국 우리에게 남는 것은 순수한 감정이다. 수백만 년에 걸친 진화이고, 그것은 아직도 그처럼 간단하다. 우 리는 우리의 감정을 통제하고, 특정한 사람들을 위해 특정한 감 정을 떼어두지만, 그것이 항상 제대로 작동하는 것은 아니다. 의 사소통은 매우 복잡하지만, 우리는 우리가 늘 하던 것과 같은 것 을 전하고 있다.

양립성과 문제해결은 우리의 본능을 항상 억제하지는 않을 것 이다. **우리가 서로 문제를 해결할 때, 우리는 서로에게 상처를**

주지 않고 느끼고 싶은 것을 느낄 수 있는 방안에 동의한다. 그 점을 기억해라. 그러면 나는 삶의 많은 것들이 훨씬 유연해질 것이라고 생각한다.

-Benjamin Paul Schuman

   기묘한 것은 가끔 가장 진부한 표현들이 실제로는 가장 진실하다는 것을 알게 된다는 것이다. 인생의 의미는 무엇일까? 충만한 삶을 사는 것? 될 수 있는 모든 것이 되는 것? 보다 많은 사람들에게 영향을 미치는 것? 삶을 바꾸는 것? 문제의 진실은 정답이 앞서 언급한 모두라는 점이다. **인생의 의미는 당신이 바라는 무엇이든 될 수 있다. 인생의 의미는 각각의 사람, 각각의 정신, 각각의 영혼에 의해서 정의된다.** 우리는 (우리가 참으로 여기는 기준에 의해서) 우리가 왜 존재하는지 명확히 알 수 없기에, 모든 사람은 인생이 그들에게 있어 어떤 의미인지 스스로 정의를 내려야 한다. 그러므로, 인생의 진정한 의미는 당신 자신의 인생의 의미이다.

-Brian J. Hong

   나는 너무나도 자주 이 '인생의 의미' 라는 개념으로 인해 곤란을 겪는다. 나는 매우 빈번하게 종교적이거나 정신적인 관계에서 탐구되는, 인류의 삶 이면의 뭔가 광범위하고 모든 것을 포괄하는 존재를 가정한다는 것은, 궁극적 자기명령식 의미에 보다 유념하고 그에 정당한 경의를 담은 개인적 자치의 필연적

47

실현을 무시하는 것이라고 확고하게 믿는다. 바꾸어 말하면, 인생의 의미는 신도 아니고, 엄밀하게 말해 삶 그 자체도 아니다. '선(善)'도 아니고, 행복도 아니다. 그보다는, *인생의 의미는 한 사람이 인생에서 해야 할 소명(召命)에 대한 응답으로써 자신에 의해서 정의된다.*

정치인을 생각해 보자. 정치에 대한 한 사람의 열정은 실로 대부분의 경쟁에서 발견되는 격려성 모험에 대한 열정이라기 보다는, 이타주의에 준하는 감정과 한 국가 안의 국민으로서 갖는 양심 안의 어떤 위대함의 실현을 위한 욕구의 자기표현이라고 할 수 있을는지도 모른다. 그러므로, 한 사람의 인생의 목적은 사실적, 사회적, 정치적 또는 개인적 추구로 구성된 운동경기일 수도 있겠지만, 다른 어떤 사람들에게 반드시 적용되지는 않을는지도 모른다고 말할 수 있다. 진실같은 아이러니를 빌어 이야기하자면, 인생의 가치와 의미에 대한 질문을 고민하면서 다른 사람들이 먹기 쉽게 던져준 글들 사이에서 버둥거리는 사람들의 상당수는, 대개 생기 없는 상태를 유지한 덕택에 인생의 의미를 결코 찾을 수 없는 무리들이다.　　　　　　　　　　　　　　-Matthew R. McNabb

　인생의 의미는 행복과 사랑을 찾고 차이를 만들어 가는 것이다. 그것은 세상의 다른 사람들이 당신을 군중 속의 한 사람으로 강제로 편입시키려 들어도, 당신 자신다운 사람이 되려는

싸움이다. 인생의 의미는 자신을 위한 의미를 찾는 것이다.

-Tina Guo

    인생이라 …… 음, 우리는 살다가 죽음을 맞이한다. 우리는 이 작은 공모양의 점액질에서 깨어나, 누군가의 몸에서 탄생하더니 서럽 듯이 운다. 아마도 우리 인생의 최고의 울음일 것이다. 거기에는 많은 감정이 있다. 그리고 나서 많은 첫경험들이 시작된다. 처음 맛보는 살아 있는 음식. 처음 타는 자전거. 3학년의 귀여운 여자 애에게 느낀 첫사랑. 놀이공원이었던 것이 마음에 걸리긴 하지만 어쨌든 첫 키스. 첫 섹스. 처음 술에 취해보는 기분. 처음 마약에 절어 보는 경험. 당신을 '사랑하는' 여자에게 처음 차이는 일. 당신을 사랑하는 누군가를 처음 차는 일. 첫 직장. 첫 월급. 첫 해고. (음, 모든 사람이 경험하는 일은 아니겠지만) 첫 백만 달러의 돈. 첫 결혼. 첫 아이, 그리고 이제 그 자손이당신이 거쳤던 일들을 똑같이 경험한다. 한편, 특정한 해, 특정한 나이의 생일, 은퇴 등 한 번만 일어날 수 있는 일들도 있다.

인생은 첫 경험들로 엮어진 묶음이 아니고서 무엇이겠는가? 사건은 한 번만 일어날 수 있다. 살면서 매일 같은 음식을 먹을 수는 있지만 그것은 여전히 어제의 식사이고, 그리고 내일 먹는 음식은 내일의 식사이다. 누군가와 단 한 번 사랑에 빠질 수 있다. 어쩌면 '영원한 불꽃' 일지도 모르는 그 사랑을 지속해갈 수

49

도 있지만, 일생에 그 사람을 단 한 번만 만날 수도 있다. 고등학교는 한 번만 다닐 수 있다. 대학도 법적으로는 한 번만 다닐 수 있다. 내 조언은 어떤 일을 하려거든 크게 하라는 것이다. 끝까지 한번 해 봐라. 느리게 가고 싶다면, 정말 느리게 가도록 해라. 두 번째 시도란 없기 때문이다.
-Andrew Forbes Winkler

＠ 인류는 십만여 년 동안 계속되어 왔다. 지금까지 인생의 의미를 알지 못하고 있다면, 우리가 잘못된 질문을 던지고 있거나 정답을 알기에는 너무나 어리석은 것이다. 어떤 쪽이든, 가끔 생각이란 그것이 쓸데없는 만큼 재미있다.
-Laura Kyle

＠ 우리가 항상 이런 질문을 던진다는 게 매혹적으로 들리지 않는가?

"인생의 의미가 뭘까?"

"나는 왜 여기에 있을까?"

"어떻게 하면 행복할 수 있을까?"

우리 안의 질문들은 어떤 편안함도 주지 못한다. 왜냐하면 호기심으로 가득 찬 우리들은 질문만으로는 결코 행복할 수 없기 때문이며, 이런 점에서 우리는 다른 동물들과 구별된다.

사슴은 왜 강이 흐르고 사냥꾼이 공격을 하는지 묻지 않는다.

벌레는 왜 꽃가루가 생명의 존속을 위해 퍼뜨려져야 하는지 묻지 않는다. 인간만이 "어떻게 살아나갈 수 있을까?" 혹은 "삶이란 무엇일까?"와 같은 질문을 던진다. 아마도 유일한 정답은 문제 그 자체에 있다.

그러나 인생이 감각기관에서 받아들인 입력을 두뇌가 현실로 만들어내는 처리과정이 아니라면 무엇일까? 우리의 정신이, 마치 꿈에서처럼, 어떤 입력 없이도 현실을 만들어낼 수 있다면, 우리가 지금 꿈을 꾸고 있는 게 아니라는 것을 어떻게 알 수 있을까? 우리가 다른 장소에서, 다른 시간에서, 완전히 다른 삶 속에서 깨어나지 않을 거란 걸 어떻게 알 수 있을까?

중요한 것은 정답이 아니다. 왜냐하면 삶은 정답이 아니라 오히려 우리가 질문을 던질 수 있다는 사실에 관한 것이기 때문이다.

한 사람이 나에게 스페인어로 질문다운 질문을 해왔다.

"Porque?" (왜요?)

나는 질문을 하는 그가 아마도 답을 찾지 못할 거라는 걸 알기에 웃으며 대답했다.

"Porque." (왜냐하면.)

문제는 정답이 바로 문제라는 것이다. 혼란스럽다면, 이제 당신은 마침내 깨어났을는지도 모른다.　　　　　　　　　　－Joshua Levinson

◎ **다른** 사람들의 삶의 의미는 모르겠지만, 내 삶의 의미는 알고 있어요. 열여덟 살밖에 먹지 않았고, 내 삶이 어디로 향하고 있는 건지 모른다고 해도, 어떻게 살고 싶은지는 아는 거 같아요. 저는 신앙심이 깊지 않아요. 사실, 저는 확실한 무신론자에요. 내세 같은 건 없다는 걸 아는 게 삶을 더 가치 있게 만들어 주는 거 같아요. *내 삶의 의미는 다른 사람들의 삶에 기쁨과 진리와 애정을 가져다 주는 거에요. 그리고 내가 하는 모든 일에 헌신과 독창성과 감사하는 마음을 보여주는 거에요. 또 호기심과 책임감과 열정으로 삶을 대하는 거에요.*

-YellowJ

◎ **인생을** 어떻게 정의 내릴 수 있을까? 재미로, 지루함으로, 쉬움으로, 어려움으로, 골칫거리로, 시간낭비로? 인생은 우리가 삶에서 만들어가는 것을 말한다. 인생은 그처럼 간단하다. 살아가는 게 불만족스럽다고 해도 비난할 수 있는 것은 누구도 아닌 우리 자신뿐이다. 사실, 우리를 거스르거나 불가능해 보이는 목표에 다가가는 것을 가로막는다고 생각되는 요소들이 있다. 하지만 우리가 스스로 통제할 수 있는 상황에서 최상의 것을 만들어내는 것은 결국 우리에게 달려 있다. 날마다 당신에게 주어진 시간에서 최선을 다하고, 후회 없이 잠자리에 들며, 깨어 있는 동안에 얼굴에 미소를 잃지 않는다면 당신은 정말 살아 있는 것이며, 그것이, 그것이 바로 인생이다.

-Justin Cohn

   일년 전 이스라엘로 떠난 여행에서 돌아왔지만, 친구 한 명이 심각한 자동차 사고로 세상을 떠났다는 소식만 들을 수 있었다. 그는 아무런 잘못도 하지 않았다. 단지 부적절한 시간에 부적절한 장소에 있었을 뿐이었다. 나는 돌이켜 생각했고, 그가 죽었던 날로부터 바로 이틀 후에 텔아비브(Tel Aviv)에서 자살폭탄 사건이 있었다는 사실을 알게 됐다. 사건이 있기 이틀 전, 나는 텔아비브에 있었다. 내가 비극의 주인공이었을 수도 있었다. 그러나 내 인생의 시간은 그때 끝나지 않았다. 그래서 나는 생각한다. '내가 무엇을 잘못했길래 나는 살아야 하고 그는 죽어야 할까?' 잘못된 것은 아무것도 없다.

   그 후로 나는 무엇을 했을까? 계속 나아갔다. 나는 결코 그를 잊지 않을 것이고, 또한 살아가야 할 내 인생이 있다. 만약 그러지 않는다면, 나는 여기에 있을 권리가 없다. 그날 죽은 사람이 나였다면, 나는 결코 만나지 못했을 적어도 백 명의 사람들과, 결코 가보지 못했을 다른 나라와, 내 죽음을 애도할 수많은 친구들을 기억할 것이다. 나는 살아왔고 살아간다. 그것이 인생의 의미이다.

-Jared Paul Baker

   고등학교 때 한 선생님은 우리가 이 미친 세상에서 원하는 것은 사랑하고 사랑받는 것뿐이라고 말씀하시곤 했다. 나

53

는 항상 그 말씀을 부정하고 싶었고, 인생의 의미란 그보다는 훨씬 대단하지만 생각할 수는 있고 논쟁할 수는 없는 거라고 생각했다. 할 수 있는 한 냉소적이고 신랄하게 말하자면, 우리가 그것을 알든지 모르든지 간에, 우리가 정말로 원하는 것은 사랑하고 사랑 받는 것뿐이다.

-Cassie Harris

    어떤 궁극의 목적을 가리키는 개념인 텔로스(Telos)는 아마 인간의 정신이 만들어낸 가장 오도하기 쉬운 개념일 것이다. 왜냐하면 인간은 항상 자신의 의식을 일반적인 우주에 새기려 하는 자기중심적 존재이기 때문이다. 인간은 그들의 궁극적 텔로스가 인간이 되는 것이라는 사실을 이해할 수 없다.

다시 말해, 존재함이 그가 필요로 하는 전부이다. 기린은 노랗고 검으며, 인간은 의식적이다. 그러나, 우리는 의식이 우주에 대한 주관적 반응보다는 존재론적 진실을 우리에게 준다는 지식을 오해한다. 텔로스를 향한 우리의 탐구는 우주의 흐름 속에서 설명되지만, 텔로스는 결코 우주의 전체성을 포괄할 수 없다. 대신에, 우리의 단순한 존재 안에서, 우리의 단순한 진리 안에서 우리는 반성하고 그 방식을 모방한다. 궁극의 진리는 존재하는 것이고, 그것에 대한 깊은 생각을 멈추는 것이며, 그것을 실천하는 것이다.

우리의 성찰은 이 방식으로 설명되고, 누구도 결코 이를 거스를 수 없다. 우리는 우리가 그것임을 깨닫지 못하는 사이 그것으로부터 벗어난다.

-Christopher Taylor

　◎ *우리는* 우리가 욕망을 채우려 한다는 것 이외에는 알지 못한다. 이 모든 욕망을 채우려는 몸부림은 모순들로 인해 불가능하다. 이런 노력은 인생으로 알려져 있다. 우리의 감각과 감정은 우리가 알지 못한 채 따르게 되는 지시에 굴복하도록 우리를 조종한다. 최종 산물은 진화이다. 우리의 의지대로 쾌락을 억제할 수 있는 능력은 진화를 우리의 수중에 둔다.

-Matthew Brent Lipman

　◎ *"느끼는 것."*

　두 눈에 진심을 가득 담고서, 사람들은 "당신이 찾는 것이 무엇이든지 간에 그것을 찾길 바래요."라고 말한다. 나는 "저도 그러길 바래요."라고 대답한다. 나도 역시 그러길 바란다. 아직 영적 균형을 찾지 못했기 때문이다. 알려진 것과 알려지지 않은 것, 이해한 것과 오해한 것 사이에 그려진 선을 걸어가며 끊임없이 흔들리기에, 내가 도달할 수 없는 평형상태이다. 바람직한 보편적 진리와 그 지식의 바라지 않은 무게랄까. 사람들은 너무 자주 회의를 품지 않는 그들의 자리에서 마음이 편안하고 안락해진다. 나는 그렇지 못하다.

　나는 이의와 승낙, 호기심과 단념의 땅 위로 외줄타기를 계속

55

한다. 절대로 자신을 '안정된' 삶이라는 청량한 산들바람에 복종
하도록 놔두지 말아라. 나는 결코 단지 안정되기만을 바라지 않
는다. 내가 피를 흘리고 아프게 하며, 다만 마비되도록 내버려두
지만 말아라. 사실, 가끔 느끼는 것을 멈출 수 있기를 바라지만,
결국 항상 고통이 느낌이 없는 것보다 기꺼울 것이라는 걸 안다.
느껴라. *의문을 가져라. 정신적, 육체적 정체(停滯)에 결코 양보
하지 마라. 인생의 의미는 탐구 그 자체에 있기에, 주어진 정답
에서는 찾을 수 없다.*

-Rachel Rudwall

가장 중요한 것은 삶이 정해져 있지 않다는 사실을 기
억하는 것이다. 사람들은 자주 성취해야 하는 특정한 목표로써
인생의 의미를 생각한다. 그것은 죽음을 인생의 의미로 여기는
것만큼 잘못된 것이다. 다른 모든 것은 물질적인 존재로서 우리
에게 일시적이기에, 만약 죽음이 삶에서 유일하게 명확한 것이라
면 그것이 우리의 유일한 목표여야 하기 때문이다. 인생은 간단
히 인간으로서 우리가 살면서 만들어 가는 바이고, 따라서 그것
은 우리가 원하고 삶에서의 행위를 발견하려는 인간 본성에 대한
일종의 공부가 된다.

기억해라. 인생의 의미는 죽음의 의미가 아니다.

-David Zwerdling

"하찮음!" 이라고 슬프고 패배한 영혼들이 외친다. 그들은 자신들이 아무것도 의도하지 않는다고 말한다. 우리는 무관심의 연못에서 헤엄치는 이름 없는 얼굴들, 이해할 수 없는 우주의 초상을 더럽히는 아주 작은 반점이다. 그들은 우리가 지금, 혹은 5년 뒤에, 또는 50년 뒤에 죽는다는 것은 중요하지 않다고 주장한다. 이 행성에서 우리의 존재는 육체가 숨을 거두면 소멸하기 때문이다.

다시 말해 우리가 죽었을 때 우리의 삶을 기억할 수 없다면, 도대체 왜 사는 것일까? 우리는 다른 사람들을 위해 살아 있으면서 '세상을 보다 나은 곳' 으로 만들고, 인류에 기념비적인 변화를 심어 주어야 할까? 너나없이 하찮은 더 많은 사람들의 삶에 영향을 주기 위해서만 살아야 할까? 그들은 열정을 가지고 이 절망적인 말들을 외친다. 만약에 그들이 그 열정을 실제로 느낄 수 있다면, 그들은 결코 그런 식으로 말하지 않을 것이다.

세상에 대한 우리의 이해, 즉 실로 우리가 자신을 존재로서 인식하는 방식의 본질은 오로지 우리의 내적경험과 감정, 그리고 인식에 달려 있다. 우리는 결코 우리의 정신을 벗어나지 않는다. 세상은 단지 내가 그것을 인식하는 정도만큼만 현실적이고, 내가 그것으로 이루어 내길 바라는 만큼만 현실적이다. 내 경험이 내가 가진 모든 것이라면, 그것들은 내게 있어 중요성을 가져야 하는 유일한 것들이다. 내가 없어도 세상이 돌아갈 것이라는 사실은 중요하지 않다. 내가 세상 안에서 살아가지 않을 때, 나는 결코 세상을 경험할 수 없을 것이기 때문이다.

사실, 삶 그 자체는 우리가 가진 전부이고, 이런 사실로 볼 때 매 순간을 아름다움으로 채워 나간다는 것은 단지 일리가 있을 뿐이다. 그런 행동은 일상의 진행 속에서 우선시 된다. 아무것도 하지 않고, 삶은 아무런 의미가 없다고 믿는 것은 진정한 실패이고, 의식의 자유라는 우리에게 부여된 놀라운 축복에 대한 은혜를 저버리는 더할 수 없이 경멸적인 선언이다. 인생에 있어 의미는 세상이 우리를 어떻게 경험하는가가 아니라, 우리가 세상을 어떻게 경험하기로 선택했는가에 따라서 결정된다. 우리는 죽을 것이고, 아마 이 세상을 조금도 기억하지 못할 것이라는 것은 중요하지 않으며, 우리가 기억될 것인가 아닌가도 중요하지 않다. 우리가 우리의 경험을 즐긴다는 것만이 중요하다. 우리는 자신의 삶에 집어넣고 싶은 어떤 의미든지 집어넣을 수 있는 자유를 가지고 태어났다는 사실을 깨달아야 한다.

내가 세상에 갖는 영향력은 내가 경험할 수 있는 것이 아니지만, 내 경험을 괴롭히도록 내버려 둘 수 있는 것이다. *너무나 많은 사람들이 자신의 행복의 중요성을 잊어버린다. 산다는 것은 중요한 것이다. 그것은 내가 가진 전부이다. 그것은 당신이 가진 전부이다. 인생의 의미는 완전히 나에 의해서 결정된다. 당신이 자신을 행복해지도록 내버려둘 수 있다면, 당신은 완전히 행복*

*해질 수 있다. 당신이 원한다면, 당신은 당신의 삶을 의미 있게
만들 수 있다.*
-Amanda Schmidt

    ✎ **인생의** 의미는 모든 사람마다 다르지만, 변함없이 항
상 그것을 찾지 않을 때 나타난다. 우리는 끊임없이 안을 들여다
봐도 어떤 시각도 얻을 수 없다. 게다가 방향을 잃고 불행해진다.
우리가 우리의 마음과 열정을 바치는 어떤 외적 추구에 자신을
헌신할 수 있을 때만이 우리는 삶에 의미를 주는 무언가를 발견
할 것이다.
-Amanda Johnson

    ✎ **돈이나** 자동차나 집처럼 어떤 인공적인 것을 취하는
것은 인생의 참된 의미가 될 수 없다. 이런 것들은 인간이 존재
하는 동안 아주 작은 부분만을 차지해 왔고, 대부분 곧 없어질
것이다.

생명유지에 필요한 음식, 섹스, 안전과 같은 단지 기본적인 충
동만을 만족시키는 것은 삶의 의미가 될 수 없다. 그것들은 원시
적인 동물과 그보다 훨씬 못한 생물형태의 유일한 목표이다.

무엇을 남기는가?

인간만이 할 수 있고 그것으로부터 상당한 쾌감을 얻을 수 있
는 것은 사고와 상상이다. 그리고 먼 미래에는 아마 그보다 더한
것이 있을 것이다.
-Ray Dickenson

    ⓘ **인생의** 어떤 규정된 의미는 없다. 인간의 삶은 몇몇 본질적인 대상 가운데 하나이기 때문이다. 그것은 그 자체로 좋은 것이며, 그것이 다른 좋은 것들을 이룰 수 있는 조건이기 때문은 아니다.

인생의 의미는 단순히 사는 것이다. 사람들은 그들의 경험과 가치와 신념에 기초해 자신만의 의미를 창조해야 한다. 그 다음에는 순수한 열정을 가지고 그 의미를 추구해야 한다. 다른 어떤 것을 하는 것은 자신의 존재의 중요성을 부정하는 것이다.

자신들의 생각에 어떤 결점이 있음에도 불구하고, 실존주의자들은 존재는 본질에 앞서고 우리는 우리가 선택한 모습 자체라고 말하며 올바른 길을 걸었다. 우리가 경험에 기초한 이성적인 선택을 하는 법을 배우기까지 우리는 단지 생물학적 물질에 불과하고, 박테리아의 뒤범벅에 지나지 않는다. 우리를 인간으로 만들고 삶에 의미를 부여하도록 하는 것은 바로 이런 선택들이다.

-Paul R. Welke

    ⓘ **어떤** 사람들은 이승에서 그들이 손에 넣을 수 있는 속세의 소유물의 양으로 그것을 정의한다. 다른 사람들은 여전히 화려한 교회와 회당의 벽에서 그것을 찾을 수 있다고 믿는다. 가난한 사람들에게 있어서, 그것은 자신과 가족을 위한 보금자리와

음식을 공급하는 일처럼 간단하다.

힌두교도들은 영적 에너지가 모든 사람 안에 존재한다고 믿는다. 이 에너지는 깨어나 발산될 날을 기다리며, 척추의 밑바닥에 잠들어 있는 동면 중인 뱀으로 묘사된다. 이것은 "쿤달리니 에너지(kundalini energy)"로 알려져 있다. 이 에너지가 발산되면, 당신은 깨우쳐진 것으로 여겨진다. 깨우쳐졌을 때, 당신은 고대의 지식을 소유하고, 이것은 당신의 존재를 이해하는 데 도움을 준다.

고대 이집트인들은 육체를 보존하는 것이 번영한 내세를 보장한다고 믿었다. 그들은 또한 카노픽(Canopic) 단지로 불리는 특별한 용기에 인체의 장기를 보존했다. 흥미롭게도, 뇌는 쓸모없는 기관으로 생각되어 파괴되었다. 그들은 모든 지식이 담겨 있는 자리는 심장 안에 있다고 믿었다.

많은 사람들은 육체적 실재만을 믿는다. 과학자들이 말하는 것처럼, 그들은 측정하거나 무게를 잴 수 없으면 존재하지 않는 것이라고 믿는다. 당신은 당신 안에 존재하는 영적 에너지를 믿어야 한다. 그것을 당신을 하나의 개인으로 만들어 주는 것의 일부로 생각하지 않는다면 어떻게 그것을 찾을 수 있겠는가?

1945년 이집트에서 발견된 영지주의(靈知主義) 복음서의 고대 기록은 그리스도의 죽음 직후에 지어진 것으로 알려져 있다. 누가 그것을 썼는가에 대해서는 상당한 논쟁이 있다. 많은 사람들은 그것이 예수의 직접적인 가르침이라고 생각한다. 각 절 안에 숨겨진 것은 일생 안에 깨우침을 얻는 법에 대한 조언과 암시이다.

그러한 절 가운데 하나는 도마복음(The Gospel of Thomas)으로, 예수가 다음과 같이 말했다고 추정되고 있다. "네 안의 것을 낳으면, 네가 낳은 것이 너를 구하리라. 네 안의 것을 낳지 않으면, 네가 낳지 않은 것이 너를 파괴하리라."

이 지식은 우리 각자 안에 자물쇠로 채워져 있다. 이 영적각성을 열어 꺼내기 위해서는, 자신을 돌아봐야 한다. 당신은 일반적으로 자아로 알려진 자기보호벽 없이 자신을 보려는 모든 생각의 마음을 진정시킬 수 있어야 한다. 유감스럽게도, 의식이 있고 깨어 있는 동안에 생각을 갖지 않는 것은 말처럼 쉽지 않다.

가끔씩 이 에너지와 지식의 발산은 우연히 일어난다. 그 밖의 경우에 사람들은 목표를 이루리라는 기대 속에 그들의 모든 삶을 깊이 생각한다.

다른 많은 종교들은 그들이 믿는 것이 우리가 존재하는 이유에 대한 답을 찾는 열쇠라고 설명한다. 이 에너지의 묘사는 다양할지 모르나, 이 영적 에너지를 얻는 방법은 모두 동일하다.

도마복음의 다른 인용구가 이를 잘 말해 준다. 예수는 "구하는 자는 그가 찾을 때까지 계속 구하게 하라. 찾아냈을 때, 그는 괴로울 것이다. 괴로워질 때, 그는 놀랄 것이고, 그리고 모든 것을 지배할 것이다."라고 말했다.

우리는 세계적인 영적 각성의 시대에 살고 있다. 많은 사람들

은 인생의 의미를 찾기 위해 영적 행로를 선택했다. 그것을 찾아낸 소수의 사람들에게, 탐구는 끝났다. 그것을 찾지 못한 사람들에게는, *"구하라 그리하면 찾을 것이다."*

-Amelia Maude

인생의 의미에 대한 생각은 열네 살 이후로 매년 바뀐 거 같아요. (지금은 스물여덟 살이에요.) 이보다 더 애매할 순 없는 '하느님의 뜻을 행하기' 위해 내가 여기에 있었다고 믿는 거듭난 기독교인에서, 신은 없고 모든 것은 개인적 만족의 문제였다고 생각했다가, 환생을 믿고 배워야 할 교훈이 많다고 믿는 등 변덕이 죽 끓듯 했죠. 그런 과정 하나하나는 달라이 라마(The Dalai Lama)와 같은 사람이 되려는 데 있어 한 걸음 더 다가설 수 있게 해 주었고, 이보다 더 행복할 순 없을 거에요.

스물두 살 때, 아빠는 LSD에 너무 취한 나머지 자신이 예수라고 생각했어요. 다른 모든 사람들은 상상의 산물이고, 자신은 지구에 남겨진 유일한 존재라고 생각했죠. 아빠는 하나님께 "당신이 거기에 계시다면, 여기 무너져 가는 한 사람을 구하지 않으시렵니까."라고 울부짖었어요. 그리고 하나님은 그리 하셨어요. 아빠는 이제 목사로 활동하면서 초기 기독교사에 관한 연구로 두 번째 박사학위를 준비하고 있고, 기독교 이외의 종교를 가진 사람들에게 하나님의 존재를 증언하고 그들을 개종시키는 방법을 다룬 안내서인 믿음의 문을 여는 사람들(Gatebreakers)이라는 제목의 책을 썼어요.

내가 스물두 살이었을 때, 나는 완전히 환멸을 느끼고 하나님께 "당신이 존재하신다면, 부디 나에게 신호를 보내 주세요."라고 외쳤어요. 다음날 출근길에 기름을 넣다가, 주유를 하는 아저씨가 저보고 오늘 자 조간신문을 한번 보라고 단호하게 말하더라고요. 제1면에는 그 아저씨의 동생이 잡은 물고기의 사진이 올라와 있었는데, 그 물고기에는 알라의 표지가 있었어요. 같은 날 직장에서 한 남자가 내게 걸어와선 신을 믿는지 물어봤어요. 다음 날 밤 바에서는 예전 남자친구가 내게 말을 걸어오더니 나와 알 수 없는 이유로 헤어진 이유가 내가 신을 믿는지 나 스스로 확신이 들지 않아 했기 때문이라고 얘기했어요.

난 이제 신을 믿어요. 그러나 내 경험은 아버지의 경험과는 많이 달라요. *나는 이 삶의 목적이 우리 각자가 우리를 진정으로 행복하게 만들어 주는 그런 삶을 찾고 그것을 추구해 가는 거라고 믿어요. 우리 각자는 자신의 삶과 행동에 대한 책임이 있어요.* '생명, 자유, 행복의 추구'는 생명, 자유, 행복과 같은 게 아니에요. 여러분 누구나 자신을 행복하게 만들려고 할 수 있지만, 누구도 아닌 여러분이 그 목표를 달성하는 데 대한 책임이 있어요.

자, 매일 아침 일어나, 숨을 깊게 들이쉬고, 값을 치르고, 명상을 하고, 화장을 하고, 자전거를 타고, 경주용 자동차를 모세요.

그것이 무엇이든지 간에 여러분에게 기쁨을 가져다 줄 수 있는 일이라면, 지금 시작하세요! 누구도 여러분을 위해 그 일을 대신해 주지 않을 거에요. 내세는 없으니, 지금 당신의 디저트를 즐기는 게 좋아요.

—Amber R. Fleming

    대부분의 사람들은 '인생의 의미'와 '내 인생의목적' 사이에 차이점이 없다고 생각한다. 나도 그 둘이 똑같다고 확신하지만, 어떤 사람들은 잘못된 목적에 이끌린다. 모든 사람은 숭배할 대상을 고른다. 부정적인 측면에서 우리는 술, 마약, 명성, 돈, 섹스를 숭배한다. 긍정적인 측면에서 우리는 사랑, 선행, 자기계발, 그리고 세계 대부분의 종교들의 긍정적인 의도를 숭배한다. 진실로 긍정적인 측면에서, 우리는 우리를 완벽하게 만들어 주시는 하나님을 숭배한다. 스트레스를 덜 받고 더 침착해지고, 덜 두려워하고 더 평화롭고, 덜 화내고 더 사랑하고, 덜 이기적이고, 더 사심 없어진다. 천천히 우리는 더 나은 사람이 된다.

내 목적은 신을 경배하는 것이다. 나는 내가 그것을 위해 창조되었다는 것을 알고, 내가 그것을 알고 있음에 매우 감사한다. 내가 신이 인생의 의미라고 생각하는 것처럼 보이겠지만, 내 마음속에서 나는 사랑이 인생의 의미라고 믿는다. 할렐루야! 신은 사랑이다.

—Rose Duryee

◎ *의사소통이다*. 왜냐하면 그것은 다른 동물들에 비해 다른 어떤 분야보다 진보해 온 부분이기 때문이다. 따라서 의사소통의 도구와 방법과 양식을 증진시킬수록, 우리는 하나의 종으로서 보다 성장하게 된다. 그 점이 인터넷과 더불어 정보와 예술과 사상의 자유가 매우 중요한 이유이다. 또한 검열을 맹렬히 두려워해야 할 이유이기도 하다.

-Jason Maronde

◎ *혼자* 있다는 것을 깨달았을 때 내게 하루는 슬프다.

여기 침대에 누워 있지만 초연하지는 않다. 오히려, 나의 애착을 깨닫는다. 여러 가지 이유로 슬프다. 내 사랑을 떠나는 것이 슬프고, 단지 세월의 문제로 어린 시절을 두고 떠나는 것이 슬프고, 너무나도 많은 것들이 내가 계획했던 대로 되지 않아서 슬프고, 되고 싶었던 내 자신의 완벽한 모습이 아니기에 슬프고, 다른 사람들의 눈에 내가 완벽하게 보이지 않아서 슬프고, 내 생각이 받아들여지지 않아서 슬프고, 내가 사랑하는 남자에게서 나와 똑같은 반쪽을 찾지 못해서 슬프고, 내 조건 없는 사랑과 헌신의 원천인 엄마와 떨어져 있는 것이 슬프고, 아버지를 찾아뵙는 것이 어렵고 떠나기 전까지 그가 내게 갖는 의미를 깨닫지 못해서 슬프다.

전반적으로, 나는 다른 사람들에 대한 내 격렬한 감정에 눌려 있다. 항상 내가 사랑하는 누군가를 떠나 있다는 생각뿐만 아니라, 이 사람들에게 내가 어떻게 느끼는지를 보여주는 데 겪는 어려움과 매일 그들을 잃지는 않을까 하는 두려움이다. 지적(知的)으로 죽음과 수용에 대한 내 이론을 이해하고 설명할 수도 있는데 반해, 감정적으로 그리고 일상적으로 이 개념들을 적용할 수 없는 것은 이상하게 느껴진다. 내가 사랑하는 것들, 내 모습, 내 소유물과 같은 내 삶의 모든 것들이 떠나갈 것이라는 사실을 받아들일 수만 있다면, 그것들이 여기에 존재하고 있어 피할 수 없는 상실을 슬퍼할 이유가 없는 사이 소소한 즐거움 안에서 행복을 찾을 수 있을 것이라고 믿는다. 어쩌면 내가 슬픔 속에 살면서 내 자신을 망치고 있는 것은 아닌가 하는 생각이 든다.

내게 있어 내가 매우 중요한 사람으로 여기고 있을 사람들이 있을 터이지만, 그 사람들은 나에 대해서 똑같이 그렇게 느끼지 못할 수도 있을 것이라는 사실을 이전에 깨달았다. 그들에게 내 의도가 이러이러하다라고 보여줄 수 있기만 한다면, 내가 그들을 얼마나 걱정하는지 보여줘서, 아마 그들도 나를 사랑하게 될 것이다. 물론 그러지 않을 수도 있다.

나는 나에 관해 결코 바뀌지 않고, 결코 배우지 않고, 결코 만날 수 없을 무언가가 있을 것이라고 생각하곤 했다. 내가 어떻게 이런 인식에 이르게 될 수 있었는지, 어떻게 배울 수 있었는지, 어떻게 알 수 있었는지를 이해할 수 없었다는 이유만으로 이런 결론에 도달하게 됐다. 하지만 *이제 삶의 본질은 우리가 예측할수*

없는 것에 있다는 사실을 깨닫게 됐다. 우연히 일어나는 것뿐만 아니라 우리의 선택으로 인해 일어나는 것까지 포함한다.

-Ashley Casselman

◎ **밤하늘을** 올려다보고 어떤 기분이 드는지 말해 주세요. 맨해튼의 지평선은 어떤가요? 여러분 자신을 하찮다는 생각이 들게 만들었나요, 네, 그렇습니다. 그것이 여러분입니다.

여러분의 한 표는 중요하지 않고, 알루미늄 캔을 재생하려는 여러분의 노력도 중요하지 않습니다. 여러분 개인의 도덕은 세계 전체적으로 볼 때 어떤 영향도 미치지 않을 것입니다. 사람들의 바다 속에서, 여러분은 수십억 가운데 하나일 뿐입니다.

하지만 그것이 여러분이 살아가는 방식을 명령해서는 안 됩니다. 인간은 이성에 대해 사랑, 욕망, 분노, 행복과 같은 본능과 감정을 갖고 있습니다. 여러분이 살기로 했던 삶을 살고, 마음을 좇아 가십시오. 결국, 어떤 것도 중요하지 않습니다. 하지만 자신의 하찮음을 인식하고 동시에 그것을 무시함으로써, 여러분은 보다 밝고 풍성해진 인간이 될 것입니다.

-Michael Devlin

◎ **인생에** 의미가 없다면 어떻게 할까? 희멀건 파운데이션에 시꺼먼 립스틱을 바르고 다니는 어떤 열다섯 살짜리 아이의 말처럼, 우리에게 아무런 목적이 없다면 어떻게 할까? 그것은

상당히 우울한 생각이라고 어린 고스(Goth)족 친구에게 이야기해 주고 싶다. 그리고 나는 그런 일이 있을 수 있다고 생각하지도 않는다. 어째서 아무런 의미나 목적 없이 이 귀중한 산소를 허비하고 있는가? 그렇지 않다. 우리가 이 세상에 있어야 하는 어떤 이유가 반드시 있게 마련이다.

우리의 목적은 오로지 살아가는 것이라는 것이 내가 일생 동안 가져 온 생각이다. (그렇다고 해서 내 수명이 유달리 길지는 않다.) 지상의 하찮은 모든 미물까지 꼭두각시 부리듯 한다는 천상의 어떤 불가결한 위대한 존재를 믿지 않기에, 나는 사람들을 더 믿어야 한다. 우리는 자신의 인생을 이끌어 갈 수 있는 권력이 있고, 지상에서의 목적이 무엇이 될 것인지를 결정해야 한다. 우리가 살아 있는 동안에 이뤄 온 그 목적은 우리의 삶과, 우리와 닿은 모든 삶들에 의미를 부여할 것이다.

차이를 만들고, 자신과 다른 사람들의 삶에 조금 더 의미를 부여하기 위해 우주에 가거나 암을 치료한다거나 하는 일은 필요하지 않다. 미소, 소개, 또는 농담이 바로 그런 일을 할 수 있다. 더 나은 세상을 만드는 것은 담배를 끊는 것과 많이 비슷하다. (담배를 끊는 그 자체로도 보다 나은 세상을 만들 수 있을는지도 모른다.) 한번 할 때 하루에 한 걸음씩 나아가고, 모든 주변 사람들이 당신을 도와야한다.

남은 것은 당신의 선택이다. 한 번에 한 걸음씩 나아가 세상을

변화시켜라.

-Alison Riccardi

누군가 "인생의 의미가 무엇이냐?"고 묻는다면 그것은 대개 "감각적 존재로서의 인생의 의미가 무엇이냐?"는 질문과 같다. 한번 생각해 본다면 일리가 있음을 알 수 있다. 식물은 자신에게 존재의 의미를 묻지 않는다. 식물은 위로 자라고, 태양을 따르며, 물을 찾아 뿌리를 내리고, 자신과 같은 존재를 늘리기 위해 씨앗을 뿌린다. 질문의 여지가 없다. 개는 새끼를 낳을 만큼 오래도록 안락하게 살면서, 뒷발로 귀를 긁을 수 있음에 비교적 만족한다. 그러나, 우리는 질문을 하는 데 능숙하다.

이 녹색 지구에서의 삶의 목적을 물을 때, 우리가 정말로 알고 싶어하는 것은 우리는 왜 이유를 물을 수 있는가라는 점이다. 그리고 우리가 자신에게 궁극적인 목적을 부여할 수 있고 자문(自問)할 수 있는 이유를 설명할 수 있다면, 우리는 저차원계의 그 모든 생식작용과 귀를 긁는 현상까지 우리 덕분으로 돌릴 수 있다. 우리가 가장 영리하고 현명한 존재라면, 분명히 우리 아래의 모든 것은 우리를 돕고 있을 것이다.

그러나 다시, (우리가 실로 그런 존재라고 가정한다면, 그리고 어떤 영리한 염전새우(brine shrimp)도 있다는 것을 아는 상황에서) 우리는 왜 가장 영리하고 현명한 존재이며 질문을 하는 데 능숙한 것일까? 왜 모든 창조물 중에서 우리 인간이 존재를 인식할 수 있는 힘을 얻거나 부여 받은 것일까? 오직 우리만이 이야기와 거짓말과 인생으로 짜인 거대한 융단을 창조할 수 있는 힘이 있다. 고양이처럼 창의적이고 영리한 오직 인간만이 고양이여신 바스트(Bastet)를 창조했다. 그리고 심지어, 그 여신은 인간의 몸에 고양이 머리를 지녔다. 만화에 나오는 동물을 그릴 때, 우리는 대개 사람과 같은 모습의 팔다리나, 혹은 그런 눈을 집어넣고는 한다.

그래서 어쨌다는 것인가? 우리는 왜 이 모든 걸 할 수 있는 것일까?

아버지의 말을 빌자면, 우리는 원래 그렇기 때문이라고 간단히 말할 수 있다. 그리고 그것이 본디 우리의 속성이다. 우리는 감각적이다. 우리는 존재한다.

식물에게 있어 생존의 목적은 종자를 생산하고 기르며 식물로서 가장 잘하는 일을 하는 것이며, 고양이에게 있어 삶의 목적은 할퀴고 먹으며 새끼를 낳고 고양이로서 가장 잘하는 일을 하는 것이며, 인간에게 있어 인생의목적은 인간으로서 가장 잘하는 일을 하는 것이다. 우리의 목적은 어린이들을 위한 책과 폭탄과 2인승 자전거와 하수시설과 아기를 창조하는 것이다. 우리는 그런 일에 능숙하며, 또한 많이 한다.

우리는 우리가 가장 잘하는 일을 하는 것을 부끄럽게 여겨서는 안 된다. 왜냐하면 우리는 그런 일을 할 수 있는 능력이 있기 때문이다. 그리고 그런 능력을 갖고 있기에, 우리는 해야 한다. 우리는 창의력을 이용해 식물과 허브를 찾아 매혹적으로 향기로운 느낌을 제공하는 물질로 변모시켜야 한다. 그리고 다른 사람들이 그 식물들을 가지고 같은 물질을 만들어 내는 것을 막을 수 있는 새로운 방법을 찾아야 한다. 우리는 사방팔방으로 나부대고, 또한 어떤 이가 다른 사람의 육체를 건들 수 없도록 책과 논문과 연설을 창조해야 한다. 우리는 부정하면서 동시에 인정해야 한다. 우리는 십자가를 불태워야 하고, 버스에서 자리를 포기하는 것을 거부해야 한다. 왜냐하면 우리는 그렇게 할 수 있기 때문이다.

나는 허무주의적인 관점에서 말하는 것이 아니다. 혹은 쾌락주의적인 관점도 아니다. 또는 선량한 사람들이 자신을 기술하고 행동의 이유를 설명하기 위해 창조해 낸 '~주의의'나 '~주의자'와 같은 어떤 형태의 표현도 아니다. 나는 내 설명이 단지 하나의 표현임을 알리고 싶을 뿐이다. 신, 진화, 혹은 다른 어떤 똑같이 무의미하고 쓸모없는 설명 등 현재 우리의 모습을 이유로 자신을 비난하기 위해 우리가 창조해 내는 구실이 무엇이든지 간에 우리는 변하지 않는다. 우리는 인간이다. 우리가 인생이다. 생물은 생물이 가장 잘하는 일을 해야 한다. 그리고 우리는 가장 잘할 수 있는 일이 많다.

그렇다면 감각적 존재로서의 인생의 의미는 무엇일까?

이와 같은 설명을 써 내려가는 것이다.

자, 이제 인간다워지자.

-Mike Drucker

📎 *인생은* 생존이다.

우리는 모두 다른 희망과 공포, 요구와 욕망, 믿음과 미신, 물리적 특징과 도덕적 규범을 갖고 있다. 이런 차이에도 불구하고, 우리는 어떻게 새로운 전쟁이나 폭동의 발발 없이 단 하루라도 헤쳐 나갈 수 있게 되는 것일까? 지구는 지금쯤 이미 완전한 혼돈 상태이어야 한다.

내 분석은 이렇다. (사람들, 집단들, 국가들을 포함한) 우리들은 가능할 때마다 공감대를 찾으며 일상을 헤쳐 나간다. 삶에 대하여 긍정적이고 생산적이며 선행적인 태도를 갖고, 차이로 인한 공포와 그런 공포에 대한 자연적 방어기제인 분노와 공격성을 승화시키는 것이 방법이다. 이러한 회피, 이러한 승화는 겁냄이 아니다. 이것은 생존이다!

유감스럽게도 이러한 속임수, 이러한 방법, 이러한 회피, 이러한 승화가 항상 우리의 생존을 보장하는 것은 아니다. 이따금 전멸에 대한 유일한 방어는 적극적이고 잔인한 행동이며, 그것은 전쟁이다. 그것을 입밖에 내는 것은 내 평화로운 영혼(나는 진정으로 평화를 사랑하는 사람이다)을 아프게 하지만, 어떤 상황은 너무나 위험하고 예기치 않아서 회피하고 무시하거나 달리 눈감을 수 없다. 전쟁에 대하여 더 이상 이야기하지 않겠다. 내가 무슨 말을 하려는지 잘 알 것이다.

내 철학은 이렇다. 일반적으로 나는 생존에 대한 위협 가운데 하나로 종교나 운동, 또는 정치철학에 대한 극단적이고 맹목적인 충성을 꼽는다. 이 주장으로부터 내가 아무것도 믿지 않으며 삶을 헤쳐 나가고 있다고 생각할 수 있겠지만, 그것은 사실과 너무나 다르다. 나는 많은 것들을 믿으며 어떤 것들에는 상당히 강한 믿음을 갖고 있지만, 완벽하게 굳어진 것은 아무것도 없다. 나는 논리와 상황에 근거해 내 마음을 바꿀 수 있고, 그렇게 해 왔다. 그렇게 하지 않는 것은 1) 눈가리개를 하고 삶을 헤쳐 나가고 있거나, 2) 어떤 주제에 관하여 알아야 할 것이 있음에도 모든 것을 다 안다고 위험하리만치 확신하고 있는 것이다. 개인적으로 나는 어떤 주제가 주어지더라도, 특히 나에 관하여, 모든 것을 다 아는 사람이 있다고는 생각하지 않는다.
　　　　　　　　　　　　　　　　　　　　　　　　　-Harvey Grund

삶은 신념이다. 삶은 정직이다. 삶은 꿈의 실현이다. 달갑지 않은 실패조차 우리가 인생이라고 부르는 아찔한 폭주의 여정에 기여하는 바가 있다. 삶은 실로 태양이 빛나는 날에도, 아름다운 산들바람이 무시되는 날에도 당연한 것으로 여겨진다. 삶은, 내게 있어, 베풂의 의무에 대한 완성일 뿐만 아니라 욕구에 대한 완성이기도 하다. 삶은 말로 다 할 수 없다. 삶은 단 한 번의 호흡이다.
　　　　　　　　　　　　　　　　　　　　　　　　　-Crystal Mosser

삶은 *예측할 수 없는 연속적인 인과관계이다.* 하나의 정해진 항로, 다시 말해 삶의 지침을 갖는다는 것은 삶을 일상적이고 체계적으로 만들어 줄 것이다. 인생에는 대본이 없다. 아니, 우리가 대본을 써 내려간다. 삶의 정해진 행로인 대본을 따르는 것은 경험해 보지 않고서도 삶을 완성시킬 수 있게 할 것이다.

살아간다는 것은 인습에 도전하고 본능이 명하는 대로 행동하는 것을 의미한다. 살아간다는 것은 자신이 무엇을 하고 있는지 설명할 수 없는 순간을 맞지만, 감각이 명하는대로 따르는 것을 의미한다. 누군가 당신이 무엇을 생각하고 있는지 묻지만, 당신은 생각하는 것이 아니라 살아가는 것이기에 아무런 말도 할 수 없는 순간을 맞는 것을 의미한다.

단순히 자기성찰만을 통해서는 인생의 의미를 찾을 수 없다. 우리가 누구이고 어디에서 왔으며 어디로 향하고 있는가를 이해하는 것은 우선 다른 사람들은 누구이고 그들의 과거와 미래는 어떤가를 이해하는 것으로부터 시작한다. 엘리베이터 안의 낯선 이에게, 커피숍의 점원에게, 택시 운전사에게, 호텔보이에게, 또는 기차 옆자리에 앉은 사람에게 말을 걸며 우리는 그들이 자신을 어떻게 생각하고 있는지에 귀를 기울이고 그들이 누구인지 알게 된다. 그리고 나서 우리는 우리가 자신을 어떻게 생각하고 있는지에 귀를 기울이며 우리가 누구인지 바라보기 시작한다.

그러나 이러한 자기인식이 항상 바뀌게 마련이라는 사실을 깨닫는 것은 우리의 삶을 풍요롭게 하고 우리로 하여금 자만하지 않도록 한다. 우리가 인생의 의미라고 생각하는 것은 자라면서 바뀌지만, 삶을 경험하고 그것을 무엇보다 소중히 간직하려는 욕구는 영원히 남아 있다.

조지 칼린(George Carlin)이 말했던 것처럼, "인생은 우리가 들이마신 숨의 횟수가아니라, 우리를 숨 막히게 한 순간들의 횟수로 측정된다."
–Philip Hennessey

📎 **순서대로** 나열해 보자면:

출생. 가족. 학습. 성장. 고된 노동. 학습. 생식. 가족. 학습. 양육. 고된 노동. 리더십. 가족. 낚시.
–David McPeak

📎 **내가** 가장 좋아하는 영화는 해롤드와 모드(Harold and Maude)이다. 흔치 않은 영화로, 1971년작인데, 처음에는 나를 충격에 빠뜨리며 혼란스럽게 하고 거의 공포에 떨게 만들었다. 정말로 돈은 많지만 일상이 너무나 지루한 젊은 남자인 해롤드(Harold)는 죽음에 사로잡혀 있으며, 규칙적으로 자살을 한 것처럼 꾸며 그의 어머니를 정신적인 충격에 빠뜨린다. 그리고 여든 살의 여성으로 해롤드와 친구가 된 모드(Maude)는 삶을 사랑하며 항상 '새로운 경험'을 찾는다. 많은 모험을 함께 헤쳐 나가며 그 둘은 결국 사랑에 빠진다. 물론 스무 살의 청년이 할머니뻘의 여

자와 잠자리를 같이한다는 생각이 처음에는 역겹게 들릴 수도 있겠지만, 영화에 마음을 열면 진정한 메시지를 깨닫는 것이 어렵지 않다. 사랑에는 국경도 경계도 없으며, 결국에는 사랑이 항상 승리한다.

해롤드와 모드는 또한 1970년대 초의 미국 사회를 풍자한다. 베트남전을 둘러싼 논쟁, 정신분석에 대한 강박관념, 계급 구조, 환경의 불필요한 파괴가 다루어 진다. 영화 내내 유쾌하고 진심 어린 장면들로 가득하지만, 무엇보다 나를 가장 감동시키는 장면은 바로 마지막에 나온다. 모드의 여든 번째 생일에 해롤드는 파티를 열어 준다. 그녀는 자살을 하기 위해 약을 먹었으며 몇 시간 안에 죽을 것이라고 그에게 고백한다. 그녀는 말 그대로 인생에서 경험할 수 있는 최대의 것을 누렸고, 불가피하게 상황이 나빠지기 전에 떠나고 싶었다. 그녀는 지금 어느 때보다도 행복하기 때문이다. 해롤드는 그녀의 죽겠다는 선택을 받아들이지 않고 급히 병원으로 데리고 간다. 병원으로 가는 앰뷸런스에서 그녀는 그에게 슬퍼하지 말라고 말한다. 그는 그녀에게 사랑한다고 몇 번이고 단언한다. 그리고 그녀는 이 영화에서, 아니 아마도 모든 영화를 통틀어 내가 가장 좋아하는 대사를 말한다.

"아, 해롤드, 황홀해! 가서 아직 즐기지 못한 사랑을 더 느끼렴."

난 그 대사를 들을 때마다 단 한번도 눈물을 글썽이지 않을 수 없었다. 이 영화의 특색은 모든 이상야릇한 사건들이 한데 모여 마음을 따뜻하게 하고 진정한 메시지를 드러내는 순간이다. *사랑, 그것은 어떠한 형태를 취하든, 항상 좋은 것이다. 그리고 어리석고 폭력적이며 고뇌로 가득 찬 세상 속의 인간은 일생을 다 바쳐 단지 할 수 있는 한 많이 사랑해야 한다. 내 생각에는 이것이 세상에서 가장 중요한 것이다.* 세상을 보다 낫게 만들 수 있는 모드(Maude)의 한마디 한마디를 인생의 의미로 삼고 그것을 실천에 옮긴다면, 당신의 인생은 결코 채워짐이 멈추지 않을 것이다.

-Lillian Hofer

    삶의 의미라는 것이 하나는 아닐 것이라는 생각이 듭니다. 그것은 우리 스스로 찾아가는 것이겠지요(우리는 얼마만큼의 노력을 통하여 우리 삶에 의미를 부여해야 하니까요). 그리고 우리가 성장하는 동안에 주어진 의미도 있을 겁니다. 우리들 중 많은 사람은 시작할 때 혹은 끝이 날 때까지도 그것을 파악하지 못하는 경우가 많습니다. 이러한 것은 다른 문화권에서는 항상 발생하는 질문은 아닐 수 있습니다. 질문을 생각하면서 특별한 삶에 의미를 부여할 수도 있고, 누군가의 에너지는 게으른 생각(사고방식)에만 적합할 수도 있습니다.

여러분이 '고독에 대하여 어떻게 느끼고 생각할 것인가' 라고 하는 문제에 성공적으로 답변하면 할수록, 어쩌면 우리에겐 어려운 질문일 수도 있습니다. 가족들을 위한 삶 혹은 가부장적인 전통에서 벗어나서 본다면 새로운 대답은 '물건들을 구입하는 것'이기도 하였지요. 나는 더 많은 사람들이 인생에 의미를 부여하는 최상의 방법은 사회적 활동이라는 것을 깨달았으면 하고 희망합니다. 다른 사람들의 외로움에 대한 혹은 그것을 가로질러 놓인 연결고리에 다가가려는 열정이 나를 나보다 더 큰 존재의 일부분인 것처럼 느끼게 합니다. 그리고 행동을 하는 것이 내 존재를 의미있게 해주기도 합니다.

-Peter Sardellitto

얼마 전 친구가 인생의 의미가 무엇인지를 물었다. 그의 정확한 질문 내용은 "왜 우리가 여기서 이러고 있는 것이지?"였다. 내 생각에 나는 주저하지 않고 말했다. 나는 그냥 생각하는 데로 내뱉었다. "결국 사람은 죽는 거지 뭐. 그렇지만 중간 중간 웃을 일도 있잖아."

시간이 흘러가면서 내가 다른 의미들을 깨닫기도 하였고, 내가 한 말에 심오한 개념을 집어넣어서 의미를 좀 더 확대하기도 하였지만, 내 자신이 되돌아보아도 그 때 내가 한 대답이 그 질문에 매우 적절했던 것 같고, 아마 그렇게 간단하면서도 무게감 있는 개념에 변화를 주려면 꽤 민감하게 다루어야만 할 것 같다.

-Michael Stone

@ *저보다* 현명한 매우 많은 사람들이 삶이 무엇인지에 대해서 고민해왔고, 앞으로 그렇다고 해도 우리 삶의 의미에 관한 질문은 결국 후손들에게도 남겨질 겁니다. 이 초라한 철학자는 그 의미는 인생을 통해서 얻을 수 있는 것이 아니라 오히려 죽음을 통하여 얻을 수 있다고 생각됩니다. 살아 있는 동안에 그 사람의 행동을 판단할 수 있을까요? 그것은 과거의 행동들이 점점 실행되고 확고해짐에 따라서 잠재력을 지니게 되는, 결국 죽었을 때라고 생각합니다. 위대한 예술작품을 보면 이와 유사하게 그림이 완전히 마르기 전에 진실과 의미는 인정받지 못하거든요. 이런 것을 인생에도 적용시켜보면 어떨까요? 인생에 의미가 꼭 생전에 있어야 한다면 죽은 사람을 위해 찬사를 보내는 일도 없을 테지요.

-Marc Bauer

@ *삶이란* 그 자체의 의미에서 본다면 '살기 위해서' 일 것이다. 그 질문은 '그럼 어떻게 우리가 살아가는 것인데' 라는 질문이 되기도 한다. 어제 무얼 했고, 내일은 무엇을 할 예정인지 이런 생각들은 하지 말고 지금 하고 있는 일에 집중해 보면 된다. 결국 그걸 잘 이해해 보면 내일 무엇을 해야 할 것인지를 깨닫게 해 줄 것이다. *결국 우리가 지금 여기서 무엇을 하고 있는지를 확실히 알고 있을 때에만 삶이라고 하는 것도 의미가 있는 것이 아닐까?*

인생은 계산하는 것이 아니라
그림을 그리는 것이다.

Lifi is painting a picture, not doing a sum.

−O.W.홈즈 「연설집」

그냥 한번 생각해보자. 당신이 여기에 있는데 먹을 것을 들고 있다는 이유로 노숙자가 당신을 쳐다보고 있을 수도 있다. 아니면 그 사람이 그냥 살아있으니깐 웃으면서 즐거워 할 수도 있다. 이렇게 생각하면 무서워하는 것이 아니라 그냥 자연스럽게 받아들일 수도 있다. 나는 지금 의자에 앉아있는데 엉덩이가 불편하게 느낄 수도 있다. 내 손은 자판을 두드리며 글을 작성하고 있다. 내 강아지는 내가 발바닥으로 바닥을 칠 때마다 꼬리를 흔들면서 나를 쳐다보고 있다. 나는 이러한 순간이 좋다. 그래, 바로 이것이 삶의 의미겠지, 바로 당신들이 가질 수 있는 모든 감정을 가지고, 이 순간 될 수 있는 가장 위대한 인간이 되는 거다. 당신이 바라보고 손대는 모든 것들이 바로 당신의 일부분이라는 것을 깨닫고 그것을 사랑하고 마치 당신 자신인 것처럼 존중하는 것. 매 순간이 당신의 마지막인 것처럼 열심히 살고, 마지막 세상을 떠날 때는 웃음을 가득 품고서 가는 거지.
"하하하하하 히히히히히"

–Susan Mcanulty

　　어찌 보면 상당히 심오한 질문인 듯 하지만, 실제로는 아주 간단한 질문이지요. 인생의 의미란 제 생각에는 지구상에서 어떻게 찾아내느냐에 집중하는 것 보다는 어떻게 그냥 놔두느냐가 훨씬 적절한 것 같습니다. 우리의 가족이건, 사회건, 일이건, 아니면 여가활동이건 간에 궁극적인 목표는 더 잘 하려고 하는 것이겠죠. 이러한 여러 가지 일 들 중에서 하나라도 성공할 수 있다고 생각한다면, 아마 꽉 찬 인생을 지금까지 살아온 것일 겁니다.

–Nicole Morrison

    ◈ **인생이란** 젊고 사랑에 빠지는 것이다. 울기도 하고 웃기도 하고 소리 지르는 것도 되고, 웃는 것도 될 것이다. 삶이라고 하는 것은 가장 최선의 것이 지금 다가오고 있을 수도 있지만 최악의 상황이 끝나지 않을 수도 있다는 것이다. 누군가 다른 사람이 당신을 이해한다는 것을 알고, 당신의 웃음이 다른 누군가를 행복하게 하고, 우리보다 앞선 세대도 있었고, 다가올 후세도 있고, 이러한 것들을 매일매일 알아가는 것이 아닐까? 인생이란 '현재 ~ing상태로 진행되는 것' 인 것 같다. 어린아이라는 것, 내가 할아버지라는 것, 시민이라는 것, 행복하다는 것, 당신이 원하는 무엇이던지 간에 지금 그렇다는 것.

–Rachel

    ◈ **삶이란** 여러 가지 상태가 줄지어 있는 것이 아닐까? 때론 받아들이고, 쳐내기도 하고, 무시하기도 하고 그냥 진행하기도 하는 것과 같은.

어떤 사람은 자신이 가장 흥미있는 과정을 선택할 수도 있고, 아니면 남들이 흥미를 가지고 있는 것이 대상이 될 수도 있다. 그

것은 삶이 가장 풍부해지는 내 관심이 있는 분야와 그렇지 않는
사심 없는 분야의 중간에 있는 것이다.

어떤 상황을 무시함으로서 여러분들은 삶이 당신 곁을 그냥 지
나쳐가도록 내버려두기도 한다. 어떤 면에서는 모든 사람들이 그
렇게 하기도 하고, 때로는 그것이 최선의 선택일 때도 있다. 그래
도 만약 너무 자주 그렇게 한다면, 여러분들이 보여줄 것이 없을
정도로 인생의 중심에서 너무 멀어진 자신을 보게 될 것이다.

-Michael Baird

◎ 모든 일들이 논의되고 실행되면, 삶은 철학자 데카르트
의 생각처럼 현혹적일 수 있을 것입니다. 당신의 감각은 당신을
매일 속이기도 하고 그래서 가끔 누구를 혹은 무엇을 믿어야 하
는지 알지 못할 때도 있지요. 유일하게 확실한 것은 당신이 언제
나 생각하는 중이라는 것입니다. 그래서 '생각한다. 고로 존재한
다' 라는 말이 있겠죠. 뭐, 어떤 사람은 또 누군가가 아는 척 좀 하
면서 책에서 본 문구를 사용해서 댓글을 단다고 생각할 수도 있
는데, 사실 연관성 있으니까요.

철학자들이 몇 년 동안 그런 질문에 대해 하나의 답을 찾아내
려고 애쓰는 걸 보면 완벽하게 설명할 수 없는 꽤나 추상적인 질
문인 듯 합니다. 누군가가 바로 지금 대답하라고 한다면, 저는 아
마 가능한 한 인생을 많이 탐험해 보는 것이 인생의 의미라고 말

하겠습니다. 왜 우리 인생이 선물인지 생각해보고, 단순하게 말한다면 사랑과 슬픔도 둘 다 경험해보고 하는 것이겠지요. 결국 간단히 말하면 세상의 최선의 것들을 다 경험해보는 것이라고 생각합니다.

-Evan Joseph. S

◈ *삶의* 의미를 찾기 위해서라면 갓난아기의 웃음을 보는 것이 최상이 아닐까 한다. 세상의 모든 것들은 그 순간이 지나면서 사라지기 시작한다. 그 웃음을 보는 짧은 시간동안만은 인생은 완벽한 것이라는 것을 깨달을 것이다.

-Super Michael V.

◈ *1963년에* 나왔던 "Mad, Mad, Mad, Mad World"라는 영화를 기억하는가? 다양한 유형의 인간들이 보물을 찾기 위하여 정말 미친 듯한 질주를 하는 게임에 연관된다. 늙은 은행 강도가 마지막 숨을 거두려고 할 때 남겨놓은 실마리를 풀어나가다가 사람들은 캘리포니아주 산타로시타(Santa Rosita)의 공원의 "큰 더블유(W)"가 바로 그 장소라는 것을 알게 된다.

사람들이 공원으로 막대와 삽을 들고 허둥지둥 달려가면서 그들의 라이벌을 이기려고 애쓰며, 서로가 하는 짓에 넌덜머리가 나고, 탐욕에 물든 사람들을 거의 쓰레기통을 뒤져서 뭐라도 찾으려는 듯이 바뀌어가는 도중, 보물 찾는 사람들 중 한 명의 부인

이 식수대에서 물을 한 모금 마시고 올려다보다가 갑자기 4그루의 야자수가 서로 각도를 이루어 기대면서 커다란 더블유(W) 모양을 하고 있는 것을 보게 된다.

이것은 너무 크고 야외 넓은 공간에 있다 보니 아무도 그것을 눈치 채지 못한 것이다. 아무도 그 더블유(W)자를 찾아 헤매지 않던 사람 중의 한 사람이 찾을 것이라고는 예상하지 않았던 것이다.

인생의 의미도 거의 이것과 비슷한 것 같다. 모든 명상, 종교, 수리학, 천문학, 심리학, 신비주의, 마약과 같은 것들도 인생의 의미를 밝혀주지는 못한다. 이유는 간단하다. 답변이 간단하고, 숨겨져 있는 것도 아니기 때문에, 당신의 눈앞에 바로 있음에도 불구하고 의식적으로 찾아 헤매다 보니 찾지 못하는 것이다.

존재하는 모든 것은 이전에 지나쳐왔던 것과 관계가 있다. 당신이 존재하는 이유는 당신의 부모님들이 태어나서 자라고 당신을 낳았기 때문이다. 그리고 우리의 조부모님들도 마찬가지이고 우리의 선조들로 올라가도 이것은 같은 이야기이다. 그리고 부모님들이 인생을 어떻게 살아 오셨으며 자식들이 인생을 형성해 나갈 수 있도록 무엇을 하셨는지와 같은 것들이 모여서 그 이후 일어났던 많은 일들을 이루어지게 된 것이다.

토마스 에디슨은 축음기와 전구를 발명했고, 벌써 70년 전에 세상을 떠났지만 그가 생전에 발명한 것들은 실질적으로 그 이후 세상 모든 사람들에게 영향을 미쳤다. 만약에 전기와 축음기의 음악이 없었다면 당신의 삶은 얼마나 많이 달라졌을까?

또 다른 영화 '아름다운 세상을 위하여(Pay It Forward, 2000년)'에서는 어린 소년이 세상을 발전시키기 위해서 모르는 사람에게 선행을 베풀기로 결심하고, 그 사람에게는 또 다른 낯선 사람에게 뭔가 좋은 일을 한 가지 하라고 이야기한다.

이제 잠깐 생각해보자. 당신이 죽은 뒤에 무엇으로 당신이 존재했었다는 것을 이 세상에 알릴 것인가? 정답은 당신이 세상에 남겨놓은 영향력에 의해서다.

무언가를 창작하고 기록한 적이 있는가? 다른 사람이 영감을 받아서 창조해낼 수 있도록 한 적이 있는가? 사랑을 널리 퍼지게 한 적은? 어린아이가 기쁘게 느끼도록 키워서, 다시 그 아이가 자라서 같은 느낌을 받도록 사랑으로 아이를 키우게 한 적이 있는가?

아니면 당신은 외모가 뛰어난지, 비열한 성격인지, 인색하지는 않은지? 혹시 아무도 그리워하지 않을 그런 사람은 아닌지? 혹시 매일매일 제로섬 게임과 같은 삶을 살면서 당신이 항상 누군가를 앞서나가면 그 사람은 뭔가를 잃어버리는 그러한 것은 아닌지? 아니면 이기적이고 무례하고 정말 그런 놈팽이는 아닐는지? 항상 돈을 모으기만 하고 다른 사람이나 세상을 위해서는 한 푼도 쓰지 않는 그런 사람인지?

인생의 의미는 당신이 발견한 의미로부터 세상이 어떻게 달라지게 노력했는지에 달려있을 것이다. 그것은 간단하고 실제적이며 명백하다. 그것은 심사숙고할 필요도 없고 신비 속에 가려진 것도 아니다. 어떠한 특별한 믿음이나 신념을 요구하는 것도 아니다.

이러한 의미를 폭넓게 받아들이고, 긍정할 수 있다고 스스로에게 영감을 불어 넣어라. 당신이 세상을 떠난 후, 다른 이들에게 어떤 영향을 주었는지가 당신 삶의 의미로 남을 것이다.

-Larry Rogak

인생이란 영원히 즐기면서도 기억될 수 있는 가장 신비스러우면서도 기념할만한 것이 아닌가 합니다. 우리 인생은 때로는 너무 당연한 것으로 여기기도 하고, 그냥 보내기도 하고, 소중하게 아끼기도 하고, 낭비할 때도 있습니다.

인생이란 모든 사람들에게 주어진 시험이라고 생각합니다. 저 멀리 뒤에서 시계바늘이 돌아가고 있고 그 사람들이 주어진 귀중한 몇 년의 시간동안 무엇을 할 수 있는 것인지를 보는 것이지요. 사실 몇 년인지 기간이 보증되는 것도 아닙니다. 인생은 행복, 슬픔, 좌절, 의기양양, 그리고 우리들의 결말의 원재료이기도 합니다. 인생은 탐욕스러운 불신이기도 하고, 매일 무언가를 요구하기도 합니다. 인생은 때로는 아이를 기르는 어머니와도 같아서 낙담한 사람들이 더 나은 내일을 바라볼 수 있도록 해 주기도 합니다. 인생은 조롱하는 군중과도 같아서 패자를 조롱하기도 하고, 때로는 찬미하는 군중과도 같이 승자와 낙오자에게 동시에 응원을 하기도 합니다. 인생은 떠오르는 태양과 같이 울새(개똥지빠귀의 일종)의 울음소리를 듣기도 하고, 밤에 들려오는 공포에 질린 울부짖음일 때도 있습니다. 인생은 잃어버린 무엇에 대하여 흐느껴 우는 것일 때도 있고, 새로 태어난 아기에 의해서 얻게 되는 말로 표현할 수 없는 기쁨이기도 합니다. 좀 희극적으로 본다면 인생에서는 집행유예란 없이 진행되는 것과 같은 것입니다.

-Robert R. Fitzsimmons

나는 10,983일째 살아오고 있다. 그런데 나는 대략 10,900일을 낭비했다라고 밖에는 생각할 수가 없다.

낭비했다는 것은 즉, 회사의 책상 앞에 앉아서 시간을 보내거나, 12시가 다 될 때까지 자거나 그다지 건전하지 못한 분위기에서 술이나 마시면서 보냈다는 것이다. 아팠던 적도 있고, TV를 너무 많이 보기도 했고, 정말 인터넷을 너무 오랫동안 들여다보고 있기도 했다. 그래서 10,900일 동안의 일은 기억할 수가 없는 것이다.

그러나 나는 83일의 나머지 내 인생의 다른 날들은 거의 명확하게 기억해 낼 수 있다. 내가 대학을 졸업한 날도 있었고, 지금 나의 개 루시를 입양한 날도 있었고, 결혼한 날, 기타를 치면서 처음으로 노래 부른 날, 그리고 처음으로 내 시집을 출간한 날 등이다. 물론 우리 할아버지가 돌아가신 날과 내 첫 남자친구가 내 마음을 너무 아프게 했던 날들도 있다.

내가 기억할 수 있는 날들이 언제나 행복하거나 유쾌한 것들만은 아니다. 그렇다고 언제나 교훈을 남겨주거나 나를 더 나은 사람으로 만들어 주는 계기가 되었던 것도 아닌 것 같다. 그렇지만 그러한 날들은 언제나, 정말 언제나 내가 무엇인가를 느낄 수 있게 해 주었다. 기쁨, 자랑, 슬픔, 사랑, 한껏 들뜬 기분과 같은 것들을 말이다. 이러한 날들에는 그것들을 무시할 수 없이 기억하도록 만들어 주는 거대한 감정과 같은 것이 있다.

아무것도 느끼지 않고 하루를 보내는 것은 쉬울 수도 있다. 나에게는 내 인생은 내가 잊어버릴 수 없는 무엇인가를 느끼게 해 줄 때 의미가 있는 것이다.

-Vicki L. Wilson

난 언제나 외향적인 사람이었다. 사람을 만나서 이야기하는 것을 좋아한다. 어디 출신이고, 하는 일이 무엇이고, 그 사람들이 누군가를 알고 있으며, 왜 여기에 오게 되었고, 무엇이 그들에게는 동기부여의 원인이 되며, 영감을 주는 것은 무엇인지 등등 말이다.

내가 통근열차에 타고 있을 때에는 나는 옆자리에 앉은 사람과 대화를 시작하는 것에 주저하지 않는다. 그리고 종종 그 낯선 사람은 원했건 원치 않았건 간에 이야기하는 것에 대해서 좋아한다. 때로는 서로 이름을 모르는 상태에서 이야기하기도 하지만 그런 것은 중요하지 않다. 어느 정도 시간이 지난 후에 그 사람과 우리는 서로 모르는 사람과 같은 사이는 아니기 때문이다.

몇 주 전에 나는 아침 열차를 타고 붐비는 차 안을 살펴보고 있었다. 나는 매일아침 같은 시간 열차를 타고, 같은 차량, 심지어는 같은 자리에 앉아 있는 사람을 알아보았다. 나는 차량의 맨 뒤 창쪽에 앉아서 검은 후드티를 입고 자고 있는 소녀를 발견하였다. 나는 매일 아침 열차가 브리지포트를 지나갈 때 너덜너덜한 갈색 서류가방을 들고 매일 부인에게 전화를 하는 회색머리의 나이 지긋한 남자를 보았다. 나는 또 키가 크고 마른 흑인이 차량의 출입문에 기대 서 있는 것도 보았는데 열차는 사람이 많아서 그 사람은 자리에 앉지 못했다. 그는 피곤하고 다소 말쑥하지 못한 차림이었으며 그냥 안됐다고 느낄 뿐 다른 도리는 없었다. 결국 그는 나중에 자리를 잡고 앉았다.

같은 날 저녁 나는 평소보다 조금 일을 더 하고 저녁 7시 30분쯤 역으로 갔다. 그때는 내가 탈 열차가 역에 도착하기 약 15분 전이었다. 열차승강장은 텅 비어있었고, 한 사람만이 있었는데 아침에 열차 안에서 본 사람이었다. 나는 승차권을 자판기에서 구입하여 그가 앉아있는 벤치의 옆에 가서 섰다.

"저는 금요일에 늦게 퇴근하는 게 싫어요." 나는 일상적으로 말하였다.

"네. 저도 알 것 같아요. 저도 좀 전에 일 끝냈거든요." 그 남자는 살짝 웃으면서 대답하였다.

그렇게 첫 마디 말문이 트이고 나서 우리는 이야기를 했다. 그의 이름은 치디(Chidi)였다. 나이지리아에서 왔고, 어머니와 형제들이 6년 전에 이미 와 있던 미국으로는 한 달 전에 왔다고 했다. 그의 영어는 나무랄 데가 없었는데 약간 영국식의 액센트를 지니고 있었다.

우리의 열차가 도착하고 우리는 서로 나란히 앉아서 대학부터 음악부터 일부터 인생 그리고 나이지리아에서의 생활 등에 관해서도 같이 이야기하였다. 나는 내 일생을 통틀어서보다 이 45분 동안에 나이지리아에 관해서 더 많은 것을 알게 되었다. 치디는 자기가 대학을 다닐 때와 투팍과 비기(Tupac, Biggie:미국 유명 흑인 래퍼)가 자신에게 어떠한 영향을 주었는지, 그리고 자신의 친구들에 대하여 이야기하였다.

나이지리아에서도 투팍의 랩을 듣는구나라고 나는 속으로 생각하면서 놀랐다.

마침내 내가 내릴 정류장에 도착했다. 나는 내 새로운 친구와 악수를 하고 집으로 왔다.

오늘 아침 나는 거의 한 달 만에 처음으로 열차에서 치디를 다시 보았다. 나를 보았을 때 그의 눈은 빛나고 있었다. 그는 내 얼굴과 이름을 기억하고 있었고, 나도 역시 기억하고 있었다. 우리는 다시 서로 간단히 안부를 주고받으며 이야기를 하였는데, 서로간의 일상을 이야기하기에는 충분한 시간이었다. "새로운 일은 없어요? 일은 어때요? 살 집은 구했어요? 어머니는 어떠세요? 형제들은요" 이런 일상적인 대화 말이다.

참 어찌 보면 놀라운 일이다. 당신을 웃음 짓게 만들고 자칫 따분할 수 있는 일상에 어떻게 이런 가장 일상적이면서도 평범한 대화들이 화사한 순간으로 작용할 수 있는지 말이다. 특히나 이러한 대화가 완전히 '낯선 사람' 과의 사이에서 이루어진다면 말이다.

내 친구중의 한 명은 어떻게 내가 모르는 사람하고도 이야기를 할 수 있는지에 대해 끊임없이 놀라워하기도 하였다. 그녀는 나의 이런 성격을 일종의 능력이라고 생각하는 듯이 보였지만 나는 그것은 아니라고 생각한다. 내 생각에는 그냥 간단하게 우리가 두려움과 불확실성을 배제하고, 우리 모두는 같은 사람이라는 것을 이해하는 것이라고 본다. 여러분도 이러한 공통점을 인식하고 포용할 수 있다면 그 다음단계는 쉬운 것이다.

나는 모든 사람들이 나처럼 한 번 노력해보도록 이야기하곤 한다. 일단 대화를 시작해 보아라. 친구를 만들어 보아라. 한번 그렇게 행동해 보아라. 여러분은 당신이 만나게 되는 사람에 의하여 놀라운 경험을 할 것이다. 당신이 이야기하고 있는 사람이 당신과 같은 장르의 음악을 좋아하고, 당신이 공부하는 학교에 다니는 친구가 있고, 아니면 당신 고향의 바로 옆마을에서 자라났을 수도 있다. 어쩌면 당신은 정말로 36계 줄행랑을 쳐야 하는 완전히 제정신이 아닌 그런 사람과 이야기하게 될 수도 있다. 누가 알겠는가? 어쩌면 당신은 외모 뿐 아니라 마음가짐이 아름다운 사람을 만날 수도 있으며, 전화번호를 얻을 수도 있다. 아니면 당신이 이야기하는 사람이 당신 옛 친구의 사촌일 수도 있고, 그래서 그 오랜 친구와 연락이 닿을 수도 있다. 그렇게 연락된 친구가 때마침 말기 암 환자라서 세상을 떠나기 전에 마지막 문안인사를 하게 될 수도 있다.

–Andrew Schmidt

◎ *인생의* 의미라는 것은 결혼을 하고, 아이를 낳고, 그렇게 중요한 일들을 하나하나 이루어 나가는 것 같습니다. 모든 사람이 태어날 때부터 대단한 일을 할 수 있는 사람은 아니니까요. 할 수 있는 일 중에서 가장 훌륭한 일은 몇 명의 아이를 낳고, 그 아이들이 대를 이어가면서, 후대에 누군가 위대한 사람이 결국 당신으로부터 말미암아 이 세상에 나오게 되는 것이 아닐까 합니다.

–Steve Dusome

◎ **결국** 중요한 것을 실수를 하지 않도록 하는 것이다. 당신의 삶의 의미를 규정짓는 것은 그러한 실수를 어떻게 해결하느냐에 있다.
-Ben Violette

◎ **제가** 생각할 때는, 우리가 서로 구별된다는 것은 결국 인간이 만들어낸 인위적인 테두리라는 것을 발견하는 기쁨이 아닐까 합니다. 사심이 없어지면 우리는 믿을 수 없을 정도의 큰 행복을 자유롭게 느끼게 될 테지요. 그러나 당신 자신의 위하여 차선책을 늘 강구하고 뭔가를 숨겨둔다면 그러한 사심 없는 마음가짐도 효과가 없겠죠.
-Mike Dayoub

◎ **인생의** 의미라고 하는 것은 절대 종결되지 않는 질문 같습니다. 그것은 당신이 보고 듣고 맛보고 느끼는 것과 같은 감각적인 기능이 끝나 없어진다고 해도 해결되지 않은 질문으로 남아있는 것이죠.

인생의 의미는 무언가를 창조하는 데에 있습니다. 우리는 위대한 창조주의 피조물입니다. 그리고 우리는 단지 지금의 모습을 지니기 위하여 만들어졌습니다. 전 세계는 우리의 것이고 이곳이 우리의 영역입니다. 우리 모두가 필요로 하는 것은 무언가를 제공하고 유지하는 것입니다.

인생의 의미는 당신이 가지고 싶은 것에 대하여 이야기를 하는 것입니다. 우리 모두는 서로 다른 수준에서 여러 가지 교훈을 우리가 마치 학교를 다니는 것처럼 배웁니다. 이러한 경험을 통하여 우리는 삶을 살아가고, 당신이 떠날 때 당신이 어떠한 사람이었는지의 인상을 남기게 되는 것이죠. 성공할 수도 있고 실패할 수도 있습니다. 그러므로 **여러분은 스스로의 천국과 지옥을 만들어나가고 있는 것이죠. 평화롭게 사십시오.**

–Najmah Ebony Omega

난 그냥 감정적으로 복잡하게 왔다 갔다 하는 단순한 여자다. 내가 여기 쓴 글들이 주목받을까? 아마 아닐 것 같다.

그렇데 만약 사람들이 관심을 보이면 어떻게 하지?

만약 내가 정말 누군가를 감동시킬 수 있는 무엇인가 떠오르면 어떻게 될까? 만약 정말 누군가가 그 사람의 인생을 송두리째 바꿔놓을 수 있는 방책이 내게 떠오른다면? 내가 지금 자판을 두들겨서 입력하는 글이 누군가에게 영향을 미치고, 그것이 그 사람 가족의 후대까지 영향을 미치게 된다면? 나는 말 그대로 세상을 바꾸는 것이 된다. 정말 지금 이 자리에서 말이다.

그건 정말 엄청난 압박감이 드는 일이다. 나는 내가 그럴 수 있는지 없는지 모르겠다. 나는 내가 그 정도의 책임을 다루어 낼 수 있는지 없는지 모르겠다.

그런데 가만히 생각해보자. 언젠가 어디에서든, 완전히 모르는 어떤 사람이 한 말이 나의 삶을 바라보는 방식을 바꾸어 놓았다. 사실 그런 일은 도처에서 일어난다. 그렇지 않은가?

삶의 의미란 무엇인가? 내 생각에는 당신의 말과 생각들이 의미가 있다는 것을 알게 되는 것이다. 그리고 변화시킬 수 있다. 어쩌면 누군가를 변화시킬 수도 있고 무언가가 될 수도 있으며 다른 방법을 변화시킬 수도 있다.

그러면 이러한 것을 가지고 우리는 무엇을 할 수 있는가?

절대, 앞으로도 다음의 사실을 잊지 말아라.

당신의 말과 생각은 누군가가 완전히 새로운 방식으로 자라나고 성장하고 살아가고 숨 쉬고 경험하도록 도와줄 수 있는 능력이 있다.

상상해보라. 단지 당신의 말 때문에 정말로 진실되게 살아가면서 인생을 경험하는 사람들로 가득한 세상을.

계속 이야기하고 글을 쓰고 생각해라.

당신은 세상에 해 주어야 할 일이 있다는 것이다.

–R. Linsay

인생은 여정과 같습니다. 우리들 중 어떤 사람들은 여러해 동안 여행을 하고, 슬프게도 어떤 이들은 인생을 경험할 시간을 단 몇 분밖에 가지지 못하기도 합니다. 어떤 이들은 우리가 속해 있는 보금자리를 일찍 찾기도 하고, 어떤 이들은 집이라고 부르는 곳을 찾아 한참을 헤매기도 합니다. 어떤 이들은 평생 그 곳을 찾지 못하죠.

인생은 선택입니다. 어떤 이들은 선택할 수 있는 경우의 수가 많지 않고, 누군가는 매일의 시행착오를 통해 싸워나가기도 합니다. 우리는 행동을 통하여 우리의 혹은 타인들의 삶이 나아지도록 하는 방법을 선택하기도 합니다. 어떤 이들은 그 반대로 행동하기도 하죠.

인생이란 위대합니다. 우리는 그렇게 되기 위하여 존중하고 인지하고 서로 도우면서 어쨌든 인생을 훨씬 더 지금보다 낫게 만들어야 합니다.

인생은 거대한 미스터리입니다. 우리는 '왜 우리가 여기 있는가' 혹은 '인생의 의미란 무엇인가?' 라는 답을 알지 못합니다. 그래서 우리는 아직 경험할 수 있는 일들도 많이 있는데 인생의 의미를 생각하면서 긴 시간을 소비해서는 안 되는 것이기도 하죠.

우리 인생은 어디에나 존재합니다. 주변에서도 찾아볼 수 있는 모습니다. 인생과 그 인생이 우리에게 줄 수 있는 것들을 소중히 간직하세요.

-Trevor Dysart

　삶의 의미를 찾는 그 자체가 삶의 의미가 아닐까? 이러한 정신적인 진리에 대한 질문은 우리를 인간이게 하고 나머지 동물의 왕국 주인공들과 차별화시켜주는 것이다. 인간은 유일하

게 '왜' 라는 질문을 하는 존재이고, 우리가 어디서 왔고, 누구이고, 어디로 가고 있는지를 궁금해하는 존재이다. 그것이 종교적인 믿음이건 사랑이건 혹은 단순한 취미이건 간에 어떠한 목적이나 열정을 찾는다는 것은 차별화된 인간의 능력이다. 삶이란 이러한 특권을 포용할 수 있는 유일한 기회인 것이다. 불행하게도 여러 종교와 신념체계는 이와 반대의 생각을 하도록 사람들에게 요구한다. 즉, 사후세계가 존재한다는 것은 죽음 이후에 무엇이 존재하느냐에 대한 단순한 시험이나 준비에 지나지 않는다고 본다. 그러나 우리의 삶이라는 것은 한번 옷입어보는 것처럼 시험삼아 해 볼 수 있는 것은 아니다. 삶은 우리가 탐험해 보고 우리의 호기심을 충족시켜 주고, 진리에 대한 욕구를 채워주는 시간인 것이다.

-Tracy Steel

  우리가 삶의 의미에 대한 위대한 지도자들의 조언을 얻기 위하여 모두 다 높은 산의 정상에 올라갈 수는 없다. 우리는 사실 그럴만한 수단도 없고 노력도 많이 할 수 없기 때문에 우리의 눈높이에서 노력하는 수 밖에 없다.

  내 생각에는 우리가 젊을 때에는 삶이 어떻게 우리를 만족시키는가에 의미가 있다고 생각하는 것 같다. 우리가 자라나고 아는 사람들이 늘어남에 따라, 오히려 우리의 삶이 다른 이들을 얼만큼 만족시키는 데에 있는가를 여러 경험을 통해서 알게 된다. 이것은 행동을 의미하는 것이다. 내 생각에는 위대한 정신적 지도자들과는 다르게 그냥 앉아서 나의 중심점이 무엇인지 곰곰이 생각하고 싶지는 않다. 그보다는 행동이 중요한 것 같다. 전화를 한다던가, 다른 사람을 위하여 특별한 물건을 산다던가, 혹은 왜 저 사람이 울고 있는지를 보기 위하여 길을 건너가 보거나 하는 것들이다. 비틀즈는 다른 지도자들보다도 이것에 대하여 이야기를 더 잘하였다.

바로 'All you need is love'(당신이 필요로 하는 모든 것은 사랑)이라는 노래인데 당신이 필요로 하는 사랑은 주어야 하는 사랑이다. 사랑을 받는 것 보다는 주는 것이 낫다. 그러나 사실 준다는 것은 또한 받는 것을 의미하기도 한다.

—Christine Emmert

  인간이라는 존재는 어떠한 것에도 만족할 수 없는 것이 아닌가 한다. 그리고 대부분의 시간은 정말로 쓰레기같은 것들이다. 우리는 현재 우리가 가지고 있는 것들만으로 행복하기를 원하지만 정말로 그렇다면 물속에 빠져 죽는 것이 낫다. 그러니까 우리는 그 대신에 공상하기도 하고 꿈을 꾸기도 하는 것이다. 우리는 언제나 무언가를 바꾸기를 원하고, 어디엔가 다른 곳으로 가고 싶기도 하고, 무언가 좀 색다른 것을 원한다. 우리는 속도를 늦춘다거나 더 위대하고 나은 것들에 대하여 신경 쓰지 않거나 하면 밀려나기 때문에 전혀 쉴 수 없다. *삶의 의미라는 것은 좀 더 높은 곳으로 올라가기 위한 끊임없는 몸부림이다. 우리가 정상이라고 생각한 곳에 도착한 순간, 우리는 아직도 갈 길이 멀다는 것을 깨닫는다.* 그것은 우리를 좌절하게 할 수도 있지만 그래도 또 한편으로는 재미있는 것이다.

–Ruvym Gilman

　　우리에게는 기껏해야 한 세기 정도 세상이 제공해주는 것들을 경험할 수 있는 시간이 주어집니다. 우리 모두는 서로 다른 기회, 다른 능력, 그리고 우리가 싸워 나아가거나 일원이 될 수 있는 서로 다른 사회 환경이 주어집니다. 그러나 우리는 가만히 앉아서 다른 사람들의 삶을 지켜볼 수도 있고, 아니면 아무도 우리를 주목하지 않는 채로 살아갈 수도 있는 것입니다.

–Kennon Hulett

　　나는 인생의 의미라고 하는 것은 더 멋지게 혹은 나쁘게 진행될 수 있는 것이기 때문에 잘 알지는 못한다. 그러한 결정을 내릴 수 있는 권한이 나 스스로에게 있다. 우리 할머니께서는 엄마에게 모든 문은 닫고 창문 하나는 열어놓으라고 말씀하시곤 했다. 나는 자신이 자랑스럽게 여기지 않는 결정을 하고 혼나기도 하였다. 지금은 문을 쾅 닫기도 하고 여러 개의 창문을 열어서

환기가 자유롭게 되도록 해놓기도 하기 때문에 어떤 면에서는 행복하다. 실패한 결혼이 아니었다면 나는 바뀌지도 않았을 것이고 그렇게 나쁜 관계로 되지도 않았을 것이다.

그 당시에는 참 좋지 않은 기억이었지만, 그것이 나를 새로운 방향으로 오게 한 것 같다. 나는 내 자신에 대하여 알게 되었고, 내가 원하는 것도 알게 되었으며, 더 중요한 것은 나를 행복하게 해 줄 수 있는 사람은 나 밖에는 없다는 것이다. 내가 그것을 알게 될 때까지 나는 움직일 수가 없었다. 정말 사람이 성장한다는 것은 힘겨운 일이다.

이제, 나는 나이 서른 하나에 멋진 사람을 알게 되었고 내가 행복하기 때문에 나에게 딱 맞는 삶을 찾은 것이다. 나는 나의 가치를 믿고, 가끔씩은 문이 닫히듯이 이해할 수 없는 것들이 있기는 해도, 또 다른 창문이 열리면서 다른 길을 보여주게 될 것이라는 것을 확신한다. 결국 일은 잘 진행될 것이고, 내가 계획했던 바가 아닐지라도 내가 뒤돌아 보았을 때, 나는 내가 이곳에 있었으면 하고 바래왔던 그 곳에 있게 될 것이다. 내 생각에 정말 마음을 편안하게 해 주는 것은 이러한 사실들을 알게 된 것이다.

-Tina Schmidt

◎ *삶이란* 아름다움과 열정, 자연, 그리고 청량음료 뚜껑을 열었을 때 피식 소리를 내면 갑자기 나타나는 기포와 같이

소소한 것들이거나, 아니면 당신이 좋아하는 하키팀이 중요한 득점을 할 때 갑자기 앉았던 자리에서 박차고 일어난다던지 하는 것들이다. 그러나 그것은 그러한 재미에 관한 것만은 아니다. 열정이라는 것은 고통과 일과 아픔을 의미한다. 우리 모두는 첫사랑이 깨어졌을 때의 가슴 아픔을 다시는 경험하고 싶어 하지는 않는다. 그러나 그 당시에는 우리 가슴의 뻥 둘린 상처가 아플지라도, 우리는 그 때를 생각하면서 머리가 아프기도 하고 좋을 수도 있고 나쁠 수도 있지만, 그러한 일을 통하여 무엇인가를 배웠다는 흔적을 피상적일지라도 쉽게 사라지지 않도록 남겨준다.

삶은 느낌에 관한 것이다. 어떤 사람들은 과학을 통한 연구 혹은 일상의 기도를 통하여 마술과 같은 일들을 희망하기도 한다. 그들이 이해하지 못하는 것은 인생은 마술이며, 그들이 열심히 나아가고 있는 것들이 바로 우리 인생을 살아가는 일부분이라는 것이다. 나뭇잎이 떨어지는 것에서부터, 발목을 삐었을 때 남아있는 고통을 없애는 것에 이르기까지, 당신이 사랑하는 어릴 적 친구의 따뜻한 한마디 인사말까지, 이러한 모든 것이 좋던 싫던 간에 삶의 일부분이다. 당신이 사회적으로, 감정적으로, 아니면 신체적으로 무기력할 때는 삶을 느끼고 있지 못한 것이다. 기쁨과 고통을 더 이상 느낄 수 없고, 매일 압박감의 노예가 되고, 당신이 더 이상 아무것도 신경 쓰지 않는다면 당신은 인생을 느끼지 못하는 것이다.

삶이란 어려운 문제가 발생하였을 때 포기하지 않는 것이다. 그것은 멋진 일들의 모든 순간을 받아들이려 기억하는 것이다.

삶의 의미는 당신이 세상과 작별할 때 이렇게 말하는 것이 아닐까? '나는 후회없이 살았다' 라고.

–Mike Chen

사람들이 신의 존재에 대하여 논쟁할 때 그들은 종종 "신이 그렇게 많은 끔찍한 일들이 세상에 일어나게 놔둔다면 나는 신의 존재를 믿을 수 없다"고 이야기한다. 그리고 주변을 둘러보면 그들이 의미하는 것이 무엇인지를 쉽게 알 수 있다. 뉴스의 머리기사를 보면 대규모 살인, 통학버스 교통사고, 자살폭탄테러와 같은 것들이 나올 때가 있다. 그렇다면 "왜 신은 저런 자살폭탄테러를 막지 않는 걸까?" 혹은 "왜 신은 저런 어린아이들을 구해주지 않았을까?" 아니면 "왜 히틀러는 열입곱살 때 동맥류 이상 질환에 걸리지 않았을까? 그랬으면 수백만의 생명을 살렸을 텐데 ……"라는 질문을 쉽게 하곤 한다.

그러나 나는 우리가 고통 없는 삶을 살 수 있다고는 생각하지 않는다. 아무도 고통 받지 않으려면 모든 사람들은 언제나 완벽해야만 한다. 고통이 발생할 가능성이 없다면 우리는 선택할 수 있는 가능성도 잃게 된다. 인생이란 결국 어떻게 살아가고, 무엇을 하고, 어떤 이야기를 하고, 무엇을 믿는가에 대한 선택인 것이다. 우리는 모두 좋은 것들만 채워진 세상에서 살게 될 수도 있었을 것이다. 그러나 그렇다면 우리가 선택할 수 있는 것이 없는 셈인데, 더 나은 것을 선택한다는 것은, 선택권이 없지만 장점을 잔뜩 지니고 있는 로봇처럼 사는 것 보다는 비교할 바 없이 나은 것이 아닐까.

많은 사람들은 우리가 영혼을 지니고 태어났다고 믿는다. 나는 우리 영혼도 삶을 통하여 생겨난 것이라고 생각한다. 즉, 당신이 만들어 나가는 것이다. 당신이 다른 사람들에게 얼마나 친절한지, 당신의 아이들에게 어떻게 해주고 당신이 관여하는 일을 얼마나 열심히 하는지에 의하여 형성되는 것이다.

인생은 우리를 현혹시키고 혼란스럽게 만드는 일련의 선택의 연속이며, 당신이 하는 것들이 바로 당신이라는 사람을 만들어 주는 것이다. 우리는 서로 다른 성격과 상황에서 인생을 시작하고, 문제가 되는 것은 무엇을 가지고 시작했느냐가 아니라 어떻게 마무리했느냐 이며, 그러는 도중에 어떻게 문제를 해결해 나아갔느냐라고 생각한다.

모든 종교는 핵심을 본다면 우리가 살아갈 최선의 방법을 제시해주지만 궁극에는 결국 우리들이 선택하는 것이다. 우리는 굶주리는 이들에게 음식을 줄 수도 있고 무고한 사람들을 죽일 수도 있다. 그러나 우리의 세속적인 보상이 무엇이건 혹은 어떠한 처벌이 기다리고 있건 간에 모든 행동은 결국 우리가 누구인지를

규정하는 것이다. 끝으로 정리하면 우리 자신의 고결한 인격과
영혼보다 더 가치 있는 것이 또 어디 있겠는가?

-Julia Darcey

    만약 어린 시절에 좀 더 비판적으로 생각할 수 있도록
교육을 받는다면 우리 인생은 좀 더 풍요로워지지 않을까요? 그
래서 많은 사람들은 서로 다른 것을 어떻게 연결시키는지를 알지
못해서 때로는 반복하면서 살아가기도 합니다. 그래서 우리가 어
떤 일을 시작하기 전에 확증 가능한 원인을 미리 정하려 애쓰는
우리들의 삶을 보다 힘들게 하기도 합니다. 보통 이미 잘못된 것
을 고치면서 끝마칩니다. 모든 범죄나 전쟁 혹은 다른 재앙과 같
은 것들은, 사람들이 어떠한 결과를 가져올지를 곰곰이 생각한다
면, 미연에 방지될 수 있었다는 사실을 생각해 봅시다.

-Lauri Apple

    우리가 존재하는 이유는 무엇일까? 나는 우리가 살
아가고 있는 이 순간에 대하여 생각하는 것을 좋아한다. 정말 멋
진 일몰(日沒), 사랑에 빠졌다는 것을 알게 된 처음 그 순간, 첫 번
째 자동차를 사게 된 때, 결혼식 날, 첫 아이가 태어났을 때 ……
이러한 순간들이 우리가 앞으로 나아가게 해주는 스냅사진과 같
은 것들이 아닐까?

-Geoffrey Blake

📎 *아래* 네가지의 보기 중에서 인생의 의미를 고르시오.

1) 인생이란 우리가 귀결시킬 수 있는 본질적인 의미는 없다. 우리의 임무는, 어떠한 의미가 우리가 살아가도록 해주건 간에, 각자의 인생 끝까지 그 의미를 주입시켜주는 것이다.

2) 인생의 의미는 우리가 파악할 수 있는 능력 밖의 일이다. 천성적으로 인간은 그것을 알기 위하여 노력하지만, 근본적으로 알 수 있는 것이 아니다. 우리의 인생은 끊임없이 의미를 파악하기 위하여 노력하는 일련의 과정이며, 그것을 추구하는 우리의 마음에 있다. 우리가 추구하는 것을 중지한다면, 포기한 것 아니면 의미를 찾아낸 것이다.

3) 인생은 사랑이다. 우리 인생은 사랑을 향한 보물탐사대와 같다. 그 보물을 찾게 되면, 당신은 자신을 발견하게 될 것이다. 당신은 사랑이기도 하고, 인생이기도 하고, 살아있는 것 자체이다.

4) 인생은 실험이다. 의미 없는 인생을 견딜 수 있을까? 우리가 의미 없이 살수 있다면 결국 파멸하게 될 것이다. 의미 없이 살 수 없다면 우리는 자신을 파괴하게 될 것이다. 우리의 의미를 찾는다면 살기 위하여 애쓸 것이고, 많은 사람들이 여러 의미를 찾아낸다면 인류는 살 수 있을 것이다. 엄청난 수가 빨리 의미를 찾지 않는다면, 이 실험은 인류가 사라지면서 끝마치게 될 것이다.
–Wend Steward

나는 실업자 사무소에서 내 비참한 존재의 의미를 되새기면서 앉아 있었다. 이런 젠장, 나는 돈이 조금 있든지 아니면 직장을 얻기를 원했다. 창밖을 바라보고 벤츠를 타고서 말쑥한 정장을 입고 넥타이를 멋지게 맨 남자가 미소를 띠며 지나간다. 이런 뭐 …… 나는 다시 직장을 구하러 나왔다. 이게 꼭 돈에 관한 문제인가? 아니다. 내 대학졸업장은 그 이상의 것을 가르쳐주었다. 철학자 밀과 칸트는 내가 필요할 때 별로 도움을 주는 것 같지는 않다. 나는 직장조차 구할 수가 없다. 아마도 내 영혼이라도 팔아야 할까? 스트립댄서가 되던지 다른 것을 좀 해볼까? 돈은 많이 받을 텐데. 아니면 그보다 좋은 것은 투자은행의 금융전문가가 되는 것일 꺼다. 내 인생을 그만 여기서 끝내면 어떨까? 아아 …… 그건 완전히 정신 나간 생각 같다. 애인한테 헤어지자고 할까? 내가 무일푼이라도 나를 사랑하는 건 알지만 말이다. 적어도 우리 엄마는 나를 사랑하신다. 나는 해변과 나무그늘을 포기할 수 없다. 가끔씩 인간들이 나를 낙담시키면 나는 동물들하고 이야기하고 싶다.

동물들은 나를 판단하지 않는다. 아니면 혹시 세상에 아직 오염되지 않은 어린 아이들하고 놀까? 우리가 인생을 살면서 해야 할 것들이 너무도 많다. 알다시피 인생은 사랑에 관한 것이다. 사람들이 이해하기 어렵게 만들 뿐이다. 돈으로 행복을 어느 정도 살 수는 있지만 부자라고 항상 행복한 것은 아니다. 누군가에 의하여 사랑을 받고, 또 사랑할 수 있는 사람은 언제나 만족할 것이다.

-Reuben Albo

    개인적으로 저는 인생의 의미는 누구에게나 다르게 적용될 수 있다고 생각합니다. 제게 그 의미는 지식을 획득하는 것이거든요. 우리는 모두 많은 경험을 얻고 그것을 분석하고 배우는 것은 우리의 몫이죠. 제 인생의 목표는 좋건 나쁘건 간에 그래도 가능한 많은 경험을 해보는 겁니다. 좋은 경험을 통해서보다는 나쁜 경험을 통해서 오히려 많은 것들을 배운다는 것도 깨달았구요. 그렇지만 우리 삶이 살만한 가치가 있다는 것을 증명하기 위해서는 균형을 맞출만한 좋은 경험도 많이 해야한다고 생각합니다.

-Dominique Chatterjee

    인생의 의미는 어떠한 특정 의미를 지녀야 하는지 생각하지 않을 때 가장 잘 발견되는 것 같다. 친구가 따뜻하게 보듬어줄 때, 로즈마리 소스가 뿌려진 양고기가 다 떨어졌을 때, 살사 음악에 맞추어 춤을 출 때, 하와이 앞바다에서 윈드서핑을 할 때 …… 이러한 모든 것들이 인생의 의미를 알게 해 주는데 도움을 준다.

검은 판위에 놓여있는 수은은 아름답게 보이지만, 당신이 만지려고 해도 손길을 피해서 미끄러지기만 할 뿐이다. 결국 인생의 의미도 이것과 같은 것이다. 있다는 것을 알고 있으며 아름답게 보이지만, 말뚝을 박아놓듯이 고정시키려 한다면 그건 바보짓을 하는 것이다.

내가 여기 이 글을 쓰면서 다른 사람들이 인생의 의미를 파악하고 그 경험을 즐기도록 하면, 내 인생 또한 더 많은 의미를 가질 수 있으리라. 내 인생에 다른 의미가 있다는 것에 기분이 좋아져서, 내일은 평소에 먹던 비타민이 참가되었다는 시리얼이 아니라, 향기 좋은 에스프레소 한 잔과 파인애플이 토핑된 햄스테이크를 먹을 수도 있겠다.

-Scott Rose

◎ **결국** 우리는 빈 페이지와 같은 것이잖아. 죽을 때가 가까워지면 그 때는 장편 소설이라니깐.

-Jihan Zubi

◎ **사람은** 영원히 살지 않지만 모두가 그들이 손댄 것을 영원한 흔적으로 남긴다. 우리 삶은 무한해 보이기도 하지만, 사실상 조금씩 빛이 엷어지고 있는 것이다.

그리고 어느 날, 남겨진 것이 그 사람이 어떠하였는지를 알려주는 흔적이 되겠지. 내가 다른 사람들을 위해서 할 수 있는 한 최선을 다하는 사람이 되려고 노력하는 이유가 바로 여기에 있다. 결국 내가 한 것으로부터 흔적으로 남은 것들이 내 인생이 어떠하였는지, 그리고 어떻게 다른 사람들에게 영향을 미쳤는지를 알려주는 유일한 것일 테니까.

-George Montroukas

📎 **변화하고** 평범하면서 단순하게 사는 것. 인생의 의미는 모든 것이 언제나 변한다는 것이다.

-Carey S. Scott

📎 **우리** 삶의 의미는 다음과 같이 정의내릴 수 있지 않을까? 당신이 낚시대의 반대편에 앉아 있을 때 미끼를 문 물고기로부터 "톡… … 톡…… 톡"하는 소리가 들릴 때. 설명하거나 기술하기는 힘들겠지만, 한 번 경험한다면 그러한 손맛을 찾아서 왜 다른 사람들이 수천달러와 셀 수 없는 시간을 보내는지를 알게 될 것이다. 그걸 이해할 정도가 되면 당신은 이미 중독된 것이다. 그 느낌이란 신체적인 감흥일 수도 있고, 즉시의, 순간적으로 지나가는 상황에 대하여 빨려 들어가는 정신적인 지각일 수도 있다. 나에게 있어서 물고기가 잡히는지는 그렇게 관심 있는 문제는 아니다. 나는 "톡…… 톡…… 톡"을 위하여 산다.

-John N. Heutz

111

◎ **우리는** 어떠한 목적과 행복, 혹은 만족이나 정당성, 아니면 우리가 추구하는 어떤 것을 위하여, 너무 많은 시간을 밖을 바라보면서 지낸다. 요령은 이 모든 것들을 우선 내부에서 찾아보는 것이다. 일단 한 번 성공하면 우리는 이 모든 것들이 우리를 둘러싸고 있는 세상에 존재한다는 확신을 발견한다.

-Sjan Evardsson

◎ **인생의** 의미라는 것은 여러분이 정말로 존재하는지, 그렇지 않으면 타인의 상상력 속에서 허구의 인물로 존재하는지를 알아내는 것입니다.

-Matthew J. Tomczak

◎ **나는** 매일 아침 일어날 때 삶의 의미가 조금씩 달라 보입니다. 하루하루 지날수록 삶의 끝에 조금씩은 가까워져서인지 아니면 해가 갈수록 내가 조금씩은 철학적으로 바뀌어서 그런지는 잘 모르겠습니다만 아마 둘 다일 수도 있습니다.

이것과 관련되는 것에는 여러 요소가 있겠죠. 새로운 목표를 설정하면 우리 삶에 새로운 의미가 생깁니다. 새로운 것을 성취하게 되면 그것을 보는 새로운 관점이 생겨납니다. 무언가를 잃어버리게 되면 훨씬 더 아까운 것처럼 여겨지게 되구요.

올해 시작은 좋지 못했습니다. 어느 날 나는 침대에서 일어나면서 발작증세가 나타나기 시작하였습니다. 상황은 점점 악화되어 마치 뇌종양 같기도 했습니다만, 결과는 간질로 판명되었습니다. 악성이었습니다. 이제 나는 내 인생의 남은 기간을 치료를 받으면서 지내오고 있습니다. 나는 꼴사납게 되기도 하였습니다. 점점 무엇을 잊어먹기도 하고, 음식물을 토하기도 하고, 정말 한동안은 인생이 아무 의미가 없는 것처럼 느껴졌습니다. 마치 볼링공이 지나가면서 그 길에 있는 핀을 쓰러뜨리듯이 그렇게 나에게 일어난 것 같았죠. 그래서 인생은 공평하지 않게 보이나 봅니다. 나는 내 삶의 의미를 생각하는데 많은 시간을 보냈고, 점점 뭔가를 생각하면서 골똘히 의미 없이 빠져 있기도 했습니다. 그러다가 갑자기 내 삶의 많은 부분을 그냥 잊고서 살아왔다는 생각이 들었습니다. 이제 나는 올해가 나에게 대단한 1년이었다는 것을 깨닫게 되었죠. 다르게 생각해보면 올해는 내가 뇌종양에 걸리지 않은 1년이었던 것입니다.

나는 다시 적극적으로 살기 시작했습니다. 나는 매일아침 일터로 뛰어나가서 내 주변의 일들을 둘러보기 시작하였습니다. 나는 머리를 들고 달리기 시작하면서 실패한다는 걱정은 하지 않았습니다. 그 전에 내 삶의 의미를 생각하면서 보냈던 시간을, 나를 발전시키기 위해 할 수 있는 일에는 무엇이 있는지를 생각하면서 보내기 시작하였습니다. 내 주변의 가족과 친구들에 대해서도 생각하기 시작하였습니다. 전혀 깊게 생각하지 않고서도 내 삶의 의미는 바로 나를 사랑하는 사람들이라는 것을 깨달았습니다.

만약 사람들이 대접받고 싶은 만큼 다른 사람들에게 대한다면 우리 삶은 모두에게 더 나은 삶이 될 것입니다. 간단한 해결책처럼 보이지만, 많은 사람들이 이해하지 못하고 있는 것이기도 합니다.

뉴질랜드에 살고 있는 토착민중의 하나인 마오리족에게는 이런 멋진 격언이 있습니다. **Te tangata, te tangata, te tangata.** 사람, 사람, 그리고 사람.

–Sarah Hawk

어떠한 종류의 이론을 가지고 설명하려 한다는 것은 답변의 일부에 지나지 않을 것 같다. 하나의 정답으로 표현 한다는 것은 부정확하지 않을까? 우리가 삶의 의미를 파악하려 할 때에는 창조라고 하는 주제를 생각해보아야 할 것이다. 실체를 창조한다는 것은 직접적인 운명에 관한 것은 아니다. 실체를 창조한다는 것은 단지 어떤 사람의 운명으로 향하게 되는 길일 뿐이다. 선택은 결국 시간에 관한 문제이기 때문에 빠를 수도 있고 늦을 수도 있다. 여러분들의 여행도 당신이 바라는 운명을 만들 수도 있고, 어쩌면 그 길을 지나가면서 깨닫고 인지할 때까지 운명이 내부에 갇혀 있을 수도 있다. 우리가 매일 무엇을 하려 하는지 의식적으로 인지하려 하면 할수록, 우리는 무의식적으로 불행한 일들을 생각하는데 쓰는 시간은 줄어들게 된다. 우리가 나아감에 따라, 오랜 격언 하나를 떠올리게 된다. '더 많이 알게 될수록, 사실상 적은 것만을 알고 있는 것처럼 생각된다' 질문에 대한 답이 하나만 존재하는 것은 아니고 지금 이 질문이 특별히 다른 것도 아니다. **우리는 살아나가는 매 순간 우리 캔버스위에 인간성이라는 그림을 그려나가는 화가인 것이다. 우리가 무슨 그림을 그리는지 바라보면 볼수록 우리는 어떤 색깔과 붓터치를 사용하는지를 알게 된다.**

-Robin J. Brown

    여러분의 주변에 있는 사람들의 삶의 질을 향상시킨다면 좀 더 좋아지지 않을까요? 언제라도 가능하다면 여러분이 가지고 있는 것을 나눠보세요. 도움이 필요할 때에는 요청도 해보고, 처음부터 걱정하고 두려워할 필요는 없죠.

  단순하면서도 정직하게 살아보세요. 당신이 다른 이들을 도울 때, 다른 사람들도 당신과 필적할 만큼 서로 돕는 삶을 살 수 있게 한번 해 보세요.

-Theodore John Sawchuck II

    그냥 지나쳐가게 한 것들! 내가 이 세상에 태어나서 51년 동안 살아온 인생이 지금 와서 보여주는 것이 없다면, 그냥 무언가를 그냥 지나쳐가도록 하면서 지내왔다는 것이니, 한 번 정도는 당신 스스로에게 도움이 될 만한 일을 하면서 어떻게 인내해야 되는지도 알아야 된다. 그러니깐 '한번 해 보아라'.

-Marilyn Jaskolski

    📎 *신이* 인간을 창조했을 때의 컨셉은 한자의 기(氣)라고 하는 것 또는 생명력과 인간의 결합으로 변화된 것 같습니다. 우리가 이성적인 만족을 끊임없이 추구하면 할수록, 우리는 우리 몸의 에너지와 균형에 대하여 무시하게 됩니다. 우리의 감각과 행동을 안내해주는 외부적인 것에 대한 의존은 우리의 의식에 관한 에너지를 받아들이는 것을 둔감하게 해 주었죠. 우리는 외부적인 요소의 불합리한 인지에 의하여 방향감각을 잃어버린 것이고 외부적인 균형 또한 줄어들게 되었습니다.

신의 생각은 인간의 내부 '영혼' 의 균형에 대한 환상을 만드는 역할을 하였습니다. 우리 삶의 목적이 무엇인가라는 질문에 대한 영적인 답을 주었는데, 그것은 우리 삶속에 있는 것이죠. 하나의 삶이 개인화된 많은 것으로 허무하게 사라지는 것으로부터 이러한 질문이 시작된 것 같습니다. '영혼' 이라고 하는 것은 삶이죠. 우리는 태어나면서 인생의 빛을 보게 되고, 죽을 때까지 경험을 통하여 일구어나가게 되는 에너지의 작은 조각들도 주어지게 됩니다. 개성은 그 작은 에너지의 작은 조각에 영혼을 불어넣어 주지만, 그것은 우리 신체라고 하는 영역 안에 갇혀있게 되고, 그 사람이 죽게 되면서 그 빛과 영혼 또한 죽게 됩니다. 그리고 인생의 에너지는 시작하였던 그 곳으로 다시 돌아가게 되죠.

-Mogue Rosemary

그러니깐, 여러분들이 당신들 삶의 의미를 만들어 나가는 거지. 내 말은 그게 어떤 것이 되기를 원하는지에 달렸다는 거야. 이런 질문에 준비된 대답이란 없거든. "우리가 왜 여기 있는 거지?" 여기 이유를 가지고 오게 된 사람은 없거든. 그러니깐 여러 가지 일들이 죽 이어져서 그 인과관계 때문에 우리가 이 세상에 오게 된 거니깐. "삶의 의미는 무엇일까?" 글쎄 나는 이렇게 답할 꺼야.

"나는 만족하면서 살고 싶고, 내 아들과 내가 사랑하는 사람들도 다 그랬으면 좋겠고, 그렇게 되도록 할 수 있다면 할 수 있는 일은 할 거야. 내가 즐거울 수 있는 일도 마찬가지로."

–Steve Villeneuve

인생의 의미는 바비큐 갈비 세트, 콜슬로우 샐러드, 콩, 옥수수빵, 그리고 커다란 잔의 딸기 쿨에이드다. 엉망진창이고 소란스러운거 같지만 그럴만한 가치가 있다.

–Chenda Peach Ngak

나는 샌들을 신고 탱크탑과 반바지를 입었다. 머리는 아직 덜 말랐고 헝클어졌지만 그냥 둥글게 묶어버렸다. 그래도 나는 양옆에 풀이 나 있는 지저분한 길을 알렉사, 페이지, 그리고

새미와 팔팔하게 걸어 내려갔어. 그래, 우리에겐 여름이었거든. 초저녁, 완벽한 타이밍인거지. 약간 구름 낀 파란 하늘로 해는 지기 시작하면서 나는 행복했어. 여름은 단순한 계절 이상이거든. 봄, 가을, 그리고 겨울보다 좋은 건 당연한 거지. 여름에는 뭔가를 느낄 수 있어. 세상을 바라보면서 자유를 느끼고, 근심걱정 없고 쉴 틈 없이 보내는 시간도 잊어버리고, 복잡한 생각들 이런 건 전부 잊어버리는거야. 나는 열 일곱살이고, 권리와 책임 사이에서 방황했지만, 속으로는 많은 특권과 그 보다는 적은 책임쪽으로 내 마음은 기울어져 있었지.

우리가 내려가던 길을 따라가 커다란 표석을 지나 바위에 올라앉아서 뭔가 흥미로운 일들이 일어나기를 기다렸지. 해가 지가까지는 아직 멀었지만, 우리는 여름이라는 것을 때마침 느끼고 있기도 했어. 그곳의 하늘은 우리 마음처럼 걱정도, 근심도 없어보였거든. 하늘에도 뭔가 있어보였고, 우리가 십팔세이라는 것에도 뭔가 특별한 것이 있어보였지. 우리는 어린이와 어른의 중간단계에 딱 갇혀있는 거였거든. 고등학교 2학년 학기 마지막날 마지막 수업이 끝나고 나서 우리 마음을 바꿔놓는 뭔가가 있었던 거지.

그 순간 여름이 너무 지루하다는 생각이 들면서 가만히 바위위에 앉아서 변함이 없는 장면을 쳐다보고 있는 것에 지루해하면서 해가 질 때까지는 더는 못 기다리겠다고 생각했지. 그래서 일어나서 알렉사가 운전을 하면서 갔지. 무분별한 것 같기도 했지만 근심걱정이 없는 채로. 너무 걱정이 없어서 경적을 울리면서 엑셀도 밟으면서 파란 승용차를 몰면서 그냥 달린 거야. 특별한 목적도 없이 음악을 들으면서 가다가 밤이 되고 하늘에는 별과 달이 마술처럼 떠오르고 말이지. 여름에는 사실 몇 시인지, 네가 무엇을 하며 어디에 있는지, 아니면 아무것도 하지 않고 빈둥빈둥 지내던 상관이 없는 때였으니깐. 하늘은 언제나 위에 떠있고, 인생도 영원한 것이었으니. 우리가 많이 바뀐다고 하여도, 그런 하늘을 바라보는 것을 언제나처럼 계속 할 수는 없는 법이니깐 우리는 그러한 채로 같이 머물러 있을거야.

-Libby Rader

간단히 생각해 봅시다. 그건 뭔가를 해내는 것이죠. 여러분이 세상과 주변 사람들에게 줄 수 있는 선물은 당신이 해내는 바로 그것입니다.

-Jerry Vrabel

각각의 존재는 인생이라는 나무에 핀 꽃이다. 그 나무의 뿌리는 세상 도처에 뿌리를 내리고 있고, 나뭇가지는 현실 세계에서는 손닿을 수 없는 곳까지 뻗어있다. 우리가 독특한 그늘과 색조 속에서 특이한 향을 지니고 꽃필 수 있다면, 우리는 결국 나무와 우리 삶의 원천이 퍼져나가고 자랄 수 있도록 돕는 것이다. 우리의 색과 본질은 생명의 나무와 함께 머물러 있을 것이

며, 작은 덩어리로서 자신을 나타내고, 향과 빛깔을 영원히 변치
않는 시간에 더해줄 것이다.   ―Melissa Belgara

어떤 사람들이 행동하는 방식은
나를 정신없게 만든다.
"성장한다"라는 의미는
당신을 어른으로 만들어주는 상태라는
그러한 마음가짐에 의해 의미가 혼탁해진다.
이 문제에 정답은 없다.
나는 이제 서른한 살이지만
서른두 살이 되기에 얼마 남지 않았고
아직 젊지만
내 앞에 서있는 사람들보다는
내 마음과 영혼의 나이가 그 이상이다.
생(生)과 사(死)라는 말이 의미하는 것처럼
나는 벌써 많은 것들의 삶과 죽음을 보았고
얼굴로만 본다면
나는 어려보일 수도 있다
나약해 보이기도 하고
그러나, 나무가 모든 이들에게 경의를 보이는가?
자연을 접하는 순간

우리들은 감탄과 희망과 사랑으로 산다.

We live by admiration, hope and love.

－워즈워드 「소요」

스며 나오는 에너지를 느끼는가?

그것은 태고의 신비이다.

오랜 세월이 쉬고 있는 지혜의 원천

시간도 오래되어 지나버리고 인생은 단순해지고

영혼은 매일매일 총명해진다.

여러 요소를 눈앞에서 만나봤고

고대로부터 전해진 것들도 있음을 알고 있다.

그리고 바람이 언제 부는지를,

그들은 내 귀에 속삭이고 있다.

–Leonardo Minjarez

    우리 삶의 의미라는 것은 결국 정해진 것은 아니라고 생각해요. 나이가 들면서 자기 자신만의 의미를 만들어 가는거죠. 그것은 우리 삶의 직접적인 경험이나 아니면 간접적인 것을 통해서도 구성되는 것입니다. 세상이 점점 복잡해지니까 우리 삶의 의미도 서로간의 다양한 영향력의 차이에 의해서 복잡해지는 거겠죠. 각각의 사람들이 생각하는 진정한 의미는 내부적일 수도 있고 외부적일 수도 있습니다. 결국 그 의미는 서로가 어떻게 상호작용하는가에 따라서 달라지겠죠. 여러분이 속한 세계의 모습과, 그것들이 어떻게 상호작용하는지를 잘 살펴보시고 열린 마음으로 사세요.

–Steven Hambright

     어떤 사람들은 평생 사랑을 찾아 헤매지만 결코 찾지 못한다. 어떤 사람들은 10대부터, 누구는 70대가 되어서도 그러하다. 누구는 첫사랑에 스트라이크를 성공하기도 하고 누구는 두 번 결혼하기도 한다. 내게는 세 번째로 온 사랑이 운 좋은 사랑이었다.

나이가 어릴수록 서로간의 관계의 미스터리한 면에 대하여 확신이 섰던 것 같다. 내가 10대였을 적에는 사랑이 뭐고 무엇을 의미하는지 안다고 생각했다. 사랑하는 방식에 있어서는 그래도 현명했던 것 같다. 나는 '사랑에 빠지면 알게 된다'고 믿었다. 만약 그것이 효과가 없다면, 그건 '그럴만한 의미가 없는 것'이었다. 이것이 내가 어렸을 때 느꼈던 어떠한 감명에 관한 깊이의 이해였다. 나이가 들고 다른 사람도 접해보고 하면서 내가 어렸을 때 가졌던 확신과 단순명제화는 경험을 통해서 바람 따라 날아가 버렸다. *나는 이제 모든 것에 대하여 내가 거의 아는 것이 없다는 것을 알게 되었다.*

–Gabriel Constans

     인생의 의미? 단순하게 생각해 보면 어렵게 얻는 교훈일거다. 우리 모두는 매일매일 어떤 교훈을 얻는다. 그것을 다 배우고 나면 다음 단계로 올라가게 된다. 우리는 잘 배우고 필요한 변화를 잘 성공해서, 어려운 교훈을 다시 반복하는 일이 발생

하지 않기를 바란다.

인생이란 우리가 여기 배우기 위해 왔다는 것을 알려주는 진실된 교훈이다. 이것을 제대로 배우지 못하는 사람들이 많다. 그들은 다른 사람에게 이 교훈을 전해 주려고만 한다. 많은 사람들은 배우는 것을 보게 됨으로서 우리가 따라 배우기도 한다. 인생의 의미는 뭔가를 배워나가는 것이다.　　　　　　　　　－Ariel

우리 삶은 선물입니다. 티벳의 이야기를 빌자면, 깊은 바다 맨 밑에 살고 있는 눈 먼 거북이가 있다고 합니다. 천년에 한 번씩 그 거북이는 숨쉬기 위하여 물위로 올라옵니다. 만약 나무로 된 원형물체가 그 물위에 떠 있는데, 이 눈 먼 거북이가 때마침 바로 그 장소에 올라와서 숨 쉬기 위해 머리를 내밀 때, 그 원형물체에 머리를 집어넣을 확률이 우리가 이 세상에 태어나게 될 확률과 같다고 합니다. 우리의 삶은 값지고 정말 소중한 선물입니다.

50년을 넘게 살아오면서 나는 이제야 내 인생이 나의 손에 달려 있었다는 것을 깨닫게 되었습니다. 마흔다섯 살이 될 때까지는 내가 무엇인가로부터 버림받지 않을까 하는 두려움이 있었지요. 이제 나는 두려움보다는 신념을 가지고 살고 있습니다. 그것은 내가 사람들의 선함을 알고 있기 때문에 그들에게 다가서기 위하여 위험을 감수하기도 한다는 것입니다. 우리는 여기 우리가

유일한 존재인 것 같은 생각을 할 때가 많이 있습니다. 우리 삶의
의미는 이러한 것들을 알아가는 것입니다.　　　　　　　-Vicky Danko

　　◎ 내 생각에 인생의 근본적인 의미는 우리가 할 수 있는 한
오래 사는 것이다. 우리는 이 시간 위대한 잠재력을 발휘하면서
살기 위하여 믿거나 행동해야 한다. 이것을 이루기 위해서 우리
는 이해하거나 질문이 될 수 없는 신성한 존재는 없다는 것을 알
아야 한다. 조금 절제하고 유머감각을 지니게 되면 다른 사람에
게 상처를 주지 않는다.　　　　　　-David Raymond Voth

　　◎ 무엇을 인지한다는 것은 여러 단계에 관한 것이다.
간결한 말로 지금 여기서 설명하기는 힘들겠지만 말이다. 나는
비록 나쁜 기억이었다고 해도 내가 만난 사람들이 있었던 장소,
그리고 여러 가지의 것들을 나이가 들면서 즐겨야 한다고 느껴왔
다. 다른 사람들이 어떻게 살고, 어떻게 상호 교류하는지, 그리고
내가 어떻게 알려졌는지 하는 것을 객관적으로 바라보게 된 것이
다. 더 알아 가면 할수록, 내가 현재와 미래와 내 후생에 관하여
생각할 때 나는 흥분하여 날아다니는 기분이 된다. 나는 호기심
이 많았고 내 아내를 만날 때 나의 의식 속에서는 인생은 살만한
가치가 있다는 것을 확신하게 되었다. 나는 어디를 가던지간에
이 신성한 세상에 내 아내가 나와 동행할 것이라는 것을 알고 있

다. 나는 과학이나 종교에 의하여 설명될 수 없는 많은 경험을 하면서 살아왔다.

아내와의 첫날밤을 보내면서 나는 알게 되었다. 나는 비밀스러운 언어로 나의 미래에 관하여 이야기해 주는 꿈을 꾸었다. 그 때 나는 나무였고 나는 동물들에게 말하였다. 나는 아무도 알지 못하는 신비로운 색채도 보았다. 내가 설명할 수 없다는 것을 알고 있다. 나의 풀들은 나에게 노래하였다. 내 마음이, 그것은 내가 잠깐 정신이상이 온 것일 수도 있고, 종교에 의하면 잠시 마귀가 다가왔던 것이라고 생각하는 대신에, 그것을 같이 공유할 수 있는 사람이 나타날 때 까지 내 정신적인 창고에 놓을 기념품으로 받아들이고 내 것으로 만들었다. 이러한 것들이 내 삶을 풍요롭게 만들어주는 것들이다.

나의 자연에서의 경험은 우주가 어떠한 것인지를 알도록 해주었고, 나의 의식과 지식을 넓게 해주었다. 서로 엮어진 지식은 알려진 것과 알려지지 않은 것들이 서로 상호작용하게 해주었다. 우연히 어떤 사건이 한 사람을 현명하게 만들어주는 것과 같이, 내가 얻은 지식은 잠들 때나 깨어있을 때나, 나를 내면 외면 모두 발전된 사람으로 만들어 주었다. 평범한 것이건 흥미로운 것이건, 그것은 인생 이상이고 나는 그것과 함께하고 있다. 어떤 일을 하는 누구이던 간에, 목수이건, 음악이건, 미술이건, 기술이건, 정치건, 수영이건 간에 더 잘 이해하면 할수록 더 좋은 성과를 낼 수 있다. 내 인생도 그렇다. 내가 연습하면 할수록 내가 더 즐기면서 잘 할 수 있게 되고 점점 더 완성되어 간다.

-Gray Byrd

우리 아기는 정말 많은 노력을 하고 고통을 겪은 후에 남편의 품에 안겼다. 산파는 그 아이를 안아서 이제는 축 늘어진 내 배 위에 올려주었고, 나의 그 아이의 끈적끈적하면서 포동포동한 피부를 느낄 수 있었다. 머리에는 밝은 솜털이 나 있었고, 눈은 질끈 감겨있었다. 애아버지는 눈물겨워하고 있었고, 산파는 자리를 정리하고, 시간은 그 순간 멈춰있는 것 같았다.

오전 4시였고 그 아기는 내 가슴을 헤집고 들어왔다. 남편은 나와 아이를 같이 안아주었고, 내가 막 잠들려고 할 때 아기가 내 가슴에 손을 집어넣고 있었다. 나는 숨 쉬는 것을 잠깐 참았다. 아기는 눈을 뜨고 백만불 짜리 미소를 나에게 보냈다.

그런데, 질문이 뭐였지?

-Mary Elizabeth Shannon

만나는 모든 사람들에게 잘 대해주세요. 친구가 많으면 많을수록 인생은 더 나아질 것입니다. 말을 많이 하기 보다는 귀 기울여 듣는 것이 중요합니다. 너무 많은 사람들이 자신들의 생각이 옳다고 하고, 다른 의견을 가지고 있는 사람은 잘못되

었다고 합니다. 마음 단단히 먹고, 타인이 하는 이야기에 상처받지 마세요. 결국 그것들은 말에 지나지 않으니깐요. 인생은 타인들이 어떻게 생각하는지에 신경 쓰면서 보내기에는 너무 짧습니다. 보다 중요한 것은 매일 웃으면서 보내세요. 매일 밤 잠자리에 들 때 사람들에게 사랑한다고, 그들이 당신에게 얼만큼 소중한지를 말했는지 확인해 보세요.

-Jeff Rooke

나는 도대체 인생이란 것을 이해할 수가 없다. 범우주적인 의미가 있는 것도 아니고, 심지어 매일매일 의미가 바뀌기도 한다.

나는 피곤하고 침체된 체 슬픈 마음으로 일어났고, 가끔씩은 내 자신에게 동정심도 들고, 잘못된 행동을 하기도 한다. 그런 날에는 인생의 의미란 정말 아무것도 없는 것 같다.

다른 날에는 행복하며 에너지가 충만하고 그 날 무엇을 할지를 생각하면서 일어나기도 한다. 그런 날에는 인생은 행복과 기쁨이며 햇살이 느껴지기도 한다.

또 어떤 날은 인생은 잿빛이고 무의미하고 아니면 바쁘거나 슬프다.

인생은 이런 여러 가지 전부 다 인 것 같다. 그러니깐 한정된 의미는 없는 것이다. 당신이 원하는 대로 사용할 수 있기 위하여 놓여있는 선물같은 것이다. 어느 날은 스타가 될 수도 있고, 어느 날은 도둑처럼 될 수도 있고, 또 어느 날은 선생님도 되고, 완전히 정신병자 취급을 받을 때도 있고, 창피한 날도 있고, 쨍 하고 해뜰 날도 있다.

그러니깐 특별한 의미는 없다. 그것은 선물이다.

-Carlos Perez Chavez

◎ *지식인들에게서* 답을 구할 수 있다고 생각하지는 마세요. 우리 인생의 의미는 그 질문하기를 멈추는 순간 알려지게 됩니다. 아니면 보다 정확하게 한다면 그 질문을 할 필요가 없어지는 상태가 답이 되겠죠.

질문하지 않는다면 그것을 위한 조사는 끝을 맺게 되고 당신의 몸은 편안해지면 당신은 보다 살아있음을 느끼게 될 것입니다. 그것이 인생의 의미가 아닐까요? 살아있음을 느끼고 점점 더 모든 것과 서로 연관되어 있다는 것을 인식하게 되는 상태가 말입니다.

-Michael Alperstein

◎ *인생의* 의미가 있는 것일까요? 우리가 살아가는 모든 순간 그 의미를 정의내리기 위하여 살아간다면 인생을 살고 있는 겁니다. 그러나 물론 우리는 모두 이 기괴하고 유전자에 암호화된 것처럼 현혹되어서 '그것이 무엇에 관한 것인지를' 알기를 원합니다.

글쎄, 그런데 그것이 정작 아무것도 아닌 것이라면 어떻게 될까요? 그것이 모든 것에 관한 것이라면요? 개신교인들이 옳은 것이라면? 불교신자가 옳은 것이라면? 아니면 혹시 좀 흥미로울 지도 모르지만 몰몬교도나 여호와의 증인이나 다윗파는 어떤가요? 마술비누를 발명한 브론너박사(역자: 유대계 독일인으로서 미국 비누 산업의 컨설턴트로서 명성이 있으며, 6~70년대 반체제 문화 아이콘이었음) 라면 어떨까요? 사실은 우리가 제대로 알 수 없다는 겁니다. 그 것은 방법이 알려지지도 않았을 뿐더러 대부분 서로 연관이 없는 토론만 유발될 뿐입니다. 당신이 무엇을 알지 못하는지조차 잘 모르기 때문에 그것은 토론의 테두리에 갇히게 됩니다. 정말 신 물이 나도록 반복되는 수수께끼 같은 것이죠. 인생의 의미가 뭐 냐구요? 닭하고 달걀 중에서는 뭐가 먼저인거죠? 사랑은 무엇인 데요? 유럽 제비들의 마하에 가까운 속도는 과연 무엇인데요? 그 런데 내 자동차 열쇠를 나는 어디 둔거죠? 신은 누구고 우리는 왜 여기 있는 걸까요? 인생의 의미를 확인하기 위해서 수없이 노 력해도 ,우리는 알고 있는 것들을 마치 우리가 카톨릭 주교인양 되풀이하는 것과, 우리가 모르는 것을 상상하기 위해 애쓰는 것 밖에 안 됩니다.

나로서는 이것이 알고 있는 전부인 것 같네요. 우리는 혼란 속 에서 태어나고 자라면서 혼돈을 겪고, 이익을 생각하면서 살아가 고 점차 죽어갑니다. 나는 우리가 언제 세상을 떠날지를 알고 싶어 하는, 정말 궁금하기도 한 생각을 우리가 했으면 하고 바라기도 합니다. 그러면 그것은 또 무엇을 위한 것일까요? 누군가가 나의 반대측면에 서서 내가 만족할 때까지 질문을 해주었으면 하고 바랄 때가 있습니다.

나는 셜리 맥레인(역자: Shirley Maclaine-미국 유명배우로서 뉴에이지 운동에 참여함)이 한 이야기가 내가 지금까지 들어왔던 이야기들 중에 가장 흥미로웠기 때문에 옳았으면 하고 희망합니다. 그렇지만 내가 알게 되거나 신경 쓰지 않던지간에 그렇게 될 때 까지는 인생의 여정 자체에 만족해야 되겠지요. 끝이란 없고 중간과정만 있을 뿐입니다. 안생의 의미는 살아가는데 있는 것이죠. 누구라도 답을 알고 있다고 하는 사람은 아마도 그 정보사용료를 받아도 될 겁니다.

–Quetta Carpenter

당신 주변에 일어날 일이 한정되어서 주어진 것이라는 것을 깨닫는 날이 언젠가는 올 것입니다. 아마도 당신은 욕실의 거울을 스쳐 지나갈 수도 있고, 창문 옆 혹은 길 위의 웅덩이를 지날 수도 있습니다. 그리면서 잠시 동안 당신이 비춰진 모습을 쳐다보겠죠. 그 관점에서 본다면 당신은 언제나 혼자의 모습으로만 비춰지면서 당신의 모습을 보고 뭔가 격변하는 순간을 기억하게 될 것입니다. 인생이란 당신이 기억하는 그러한 순간들을 채워나가는 위급상황과 같은 것입니다. "봐봐, 나 이렇게 많은 일을 했어" 당신의 비춰진 모습을 보면서 당신을 이렇게 이야기할 것입니다. "나는 멋진 일출도 여러 번 보았고, 유성도 보았고, 오늘은 정말 눈이 아름다운 사람을 보았다니깐. 이제 어떤 친구를 사귀어야 하는지(혹은 어떤 사람과 친구하면 안 되는 것인지) 알게 되었어." 언젠가 당신은 당신 일생에서는 마지막이 될 당신의 비춰진 모습을 보면서 당신이 필요했던 많은 일들을 해냈다고 이야기할 것입니다. 그 비춰진 모습은 다른 것들과는 달리, 결국 당신의 눈꺼풀 속에 있는 것이죠.
-Dean Gardner

◯ 우리 인생을 성공적인 것으로 만들기 위해서는 목표를 정하고 성취하는 것 이상의 가치 있는 일은 없다. 아무리 하찮아 보이는 일이라도 말이다.
-Roy A Givens III

◯ 삶의 의미가 무엇이냐고? 나도 좀 알았으면 좋겠다. 그런 거창한 것보다도 어떻게 멋진 삶을 살 수나 있을까? 내 생각을 여기 써놓을 수는 있지만, 솔직히 내가 여기 끄적여 놓은 것들이 다른 사람에게 도움이 될 수 있을지는 솔직히 알 수 없다. 그러니깐, 내가 봤을 때 사람들이 어떻게 멋진 삶을 살아갈 수 있는지 이야기하기 시작할 때, 가만히 보면 사람들은 삶을 좀 더 쉽게 살 수 있는 법에 관하여 이야기하고, 그 방법이 사람마다 다르다.

나는 나이가 많지는 않지만 그동안 살아오면서 몇 가지 일들을 경험해 보았다. 쉬운 일도 있고 물론 어려운 일도 있었다. 어떤 관점에서 보면, 내가 가진 직장 중에서 하나는 굉장히 좋은 일자리였고, 꽤 오래 거기서 일했었다. 나도 그 일을 잘하는 편이었고, 연봉도 센 직장이었다. 그 곳 사람들도 모두 신사적이었다. 그런데 한 가지 문제는 일이 쉬웠다. 너무 쉬웠고 연봉은 너무 높았다. 그래서 어느 날 나는 내 인생을 좀 더 멋지게 살고 싶었다. 나는 경제상황이 안 좋아질 것을 알면서도 직장을 그만두고 불확실한 미래일지라도 내가 어떻게 무엇을 해야 하는지 한 번 시험해 보고 싶었다.

이 글을 읽으면서 당신이 뭐라고 생각할지 알고 있다. 요즘 같은 때에 정신 못 차린 이런 바보가 있냐고. 그래도 나는 그렇게 생각하지 않는다. 나는 그 후 많은 것을 배웠고, 지금 갚아야 할 융자도 많지만, 지금 직장도 없는 상태다. 그래도 나는 어떻게 하면 내 삶을 좀 더 멋지게 살 수 있을 것인가 하는 것을 알게 되었다. 내 머릿속에서 꾸준히 엔진이 돌아가게 하는 방법도 알게 되었고, 나를 잠들게 하는 포근한 담요의 안락함도 알게 되었다. 나는 정말로 그 담요의 안락함이 아쉽지만, 이불을 박차고 나가는 것이 내가 할 수 있는 전부였다. 나는 같은 책상에 오래 앉아있을 수 있었지만, 나에 관해서 좀 더 생각하거나 내 삶의 의미를 찾아내지는 못했을 것이다.

그래서 나는 이것이 나의 답이라고 생각한다. 일단 나가서 찾아봐야 한다. 이 글을 읽고 있는 당신의 인생의 의미가 무엇인지 내가 어떻게 알 수 있으랴? 이런 …… 생각해보니 내 인생의 의미도 정답을 찾지는 못했다. 그렇지만 나는 당신이 할 수 있다고 믿는다. 앉아서 거울을 보면서 흡연가는 담배를 한 대 피워 물고, 아니면 커피를 마시거나 암튼 뭔가 다른 것을 하면서 정말로 원하는 일을 하고 있는지, 아니면 그냥 단지 변화하는 게 두려운 것인지 스스로에게 물어보아라. 정말로 원하는 일이 무엇인지를 생각해보아야 한다. 그리고 난 뒤 기회를 잡고 밖으로 나가서 그 일을 해 보아라. 처음에는 물론 무척 고되겠지만, 결국 당신은 해내게 될 것이다.

-Ethan Hartman

    인생은 엉덩이 같은 건가? 아니, 정말 아니다.

결국 당신들도 많은 시간은 쓰러지고 다시 일어나려고 애쓰고, 엉덩이를 흔들면서 비위를 맞추던지, 꼴 보기 싫은 인간 엉덩이를 걷어찬다던지 하는 것에만 관심을 두면서 살아갈 것은 아니지 않은가. 그런 행동과 상관없이 살아갈 수 있는 사람이라면 결국 뭔가 찾아낼 수 있기 때문에 마지막에 웃을 수 있을 것이다. 음, 물론 당신이 혼자가 아니라면 말이지.

-Hockey God

    죽음, 전쟁, 탐욕, 시기, 재정상태, 암, 도움, 가난, 고차 방정식.

우리가 인간이라는 특징은 우리가 문제풀기를 좋아한다는 뜻이 아닐까요? 운 좋게도, 우리 주변에는 풀어야 할 문제들이 언제나 쌓여 있습니다. 그런데 만약 우리가 모든 문제를 풀 수 있다면 어떨까요? 그러니깐 제 말은 우리가 사는 세상이 질병, 가난, 미움, 범죄와 같은 것이 없는 세상이라면 말이죠. 탐욕, 이기심, 그리고 소외된 자들과 같은 단어가 존재하지 않으면서 모든 이들이 영원히 살 수 있는 세상이라면 어떨까요? 완전한 세상인 공상 속에 존재하는 유토피아를 생각해 보세요. 그럴 선택권이 주어진다면 그쪽으로 가서 살 생각이 있나요?

만약 우리 삶이 영원하다면, 그것이 의미가 있을까요? 우리의 존재는 무의미하고 공허할 것입니다. 우리가 문제를 풀기 위해서 노력하지만 풀 수는 없을 겁니다. 우리가 문제 풀기에 숙련된 기계라고 해도 이러한 문제풀기식의 조사에 의해 나온 우리 존재에 관한 답이라고 하는 것은 별 의미가 없을 것입니다.

많은 이들에게 있어서 문제인 죽음이라고 하는 것도 사실상 다가 올 큰 모험입니다. 사실, 우리 삶에서 가장 확실한 것 중의 하나가 죽음이죠. 어렸을 적부터 시작해서 우리는 생일에 나이를 세면서 실은 죽음을 카운트다운하고 있는 것입니다. 그런데도 우리는 많은 수단을 동원해서 어찌 보면 그것을 부인하려고 노력하는 듯이 보입니다. 우리는 거부하려 하고 연장할 수 있으면 그렇게 하고, 대부분은 두려워합니다만, 죽음 없이 사람이 살 수나 있

나요? **결국 죽음이라는 것은 우리가 시간의 중요성을 알 수 있게
해줍니다. 죽음이 없다면 인생도 무의미한 것이니요.**

인간은 그러한 세상을 심리학적으로 다룰 수 있을까요? 이 글
을 쓰는 저는 그렇지 않다고 생각합니다. 죽음이 없는 인생은 비
극이죠. 그것은 포커를 하면서 매번 로열플러쉬를 얻는 것과 마
찬가지입니다. 어찌 보면 카드가 주어지기 전에 미리 그런 끝내
주는 패가 미리 결정된 것과 같을 수도 있습니다. 만약 그렇다면
게임이 하고 싶을까요? 게임을 한다 치고 누가 거기에 돈을 걸까
요? 나라면 아닐 것 같습니다. 그냥 공상이라는 말을 사용하고
싶네요.

–Ryan Jones

◎ *그러니* 수백만의 친구들이 있고, 그 친구들이 가능한
모든 주제에 대하여 전부 연기하기도 하고, 노래도 하고, 토론도
하고, 소리지르기도 하고, 춤도 추고 한다면 어떨까? 얼룩이 묻은
앞치마를 입고 있던 한 아줌마가 아파트 베란다로 나와서 앞치마
를 걸면서 밖에서 노래하면서 노는 아이들에게 "애들아 2015년
이다"라고 이야기한다면? 지금은 2015년이 아니지만, 오늘만 그
럴지도 모르는 일이다.

그리고 어제가 운 좋게도 1994년이었을 수도 있다. 우리는 회
색의 플리마우스 보이져 밴(역자: 1980~90년대 크라이슬러사에서 생산
한 밴의 일종)을 타고 드라이브 했을 수도 있다. 휠캡은 없어졌지

만 노란색 패딩이 들어간 쿠션을 위에 붙이고, 에이스 오브 베이스(역자: Ace of Base: 스웨덴 출신의 혼성그룹으로서 1990년대 초반에 인기를 끌었음) 음악을 들으면서 손가락으로는 장단을 맞추고 있다. 나는 파란색 머리 묶는 벤드를을 하고 있는 열여덟살이다. 남자친구는 건장한 스무살이고, 웨이브진 갈색머리와 깊은 갈색 눈동자가 매우 멋있다. 그는 핸들을 붙잡고, 오른손으로는 브레이크를 잡고 있으며 왼발은 신발을 벗고 운전하는 동안에도 자동차 바닥에 편안히 대고 운전하고 있다.

–Lauren Krauze

    인생의 의미라는 것은 당신의 결정에 의하여 답이 나올 수 있을 때 찾을 수 있지 않을까요? 다른 사람의 의견이나 관점이나 생각에 의하여 맞다고 동의해야 되는 상황에 처해진 것이 아니라 당신 스스로 어느 정도의 책임감을 가지고서 말이죠.

–Andrew Robinson

    인생의 의미는 후세를 생산하는 것이다. 다음 세대를 생산한다는 것은 인류가 유지되게 해 준다는 뜻일 뿐 아니라, 인류라는 종(種)이 환경에 적응하고 음식물을 찾는 조금씩의 변화를 가능하게 해 주는 것이다. 그리면서 보다 효과적으로 후세를 번성하게 해 준다. 결국 이것이 진화인 것이다. 이 외의 다른 행동

137

은 우리의 대뇌피질을 만족시키는 그런 단순한 행동일 뿐이다.

　이것만은 주목하자. 단지 인류가 지적인 존재라는 것 이외의 다른 특질은 중요하지 않다는 것은 아니다. 아니면 다른 어떤 지적인 존재에게도 말이다. 이것은 논리적으로, 보편적으로, 생물학적으로, 그리고 과학적으로 인생의 의미와 목적과 의도는 단순하게 하자면 영속해 나아가는데 있다는 것이다.

-Matthew Polito

　내 생각에 이 문제에 대한 답을 찾을 수 있는 유일한 힌트는 바로 여러분 자신 안에 놓여있다. 다른 사람이 여기에 대한 정답을 알려줄 수 있을까? 내 생각에 우리 인생의 의미는 내가 해야 하는 시간에 놓여있는 모든 것들을 경험해보는 것이다. 누구에게는 감옥에 갇혀있는 시간일 수도 있고, 때로는 놀이공원에 있는 시간일 수도 있다. 우리 생애 최고의 순간과 최악의 순간 모두 말이다. 어떠한 경험이던 간에 나의 발전을 위해서는 다 필요한 것이라고 생각하고, 뒤돌아보면서 '그런 일이 나에게 일어나지 않았더라면' 이라고 후회하지는 않을 것이다. 심지어는 내 인생에서 가장 기억하고 싶지 않은 끔찍한 순간에는 나는 등을 기대고 앉아서 혼자 생각하고 그 상황을 그냥 잊어버렸다. 시간이 지나가면서 지금 이 순간도 추억이 될 텐데 왜 지금 애써 내 생각과 행동을 조절해야 하는 걸까? 많은 사람들은 인생의 길을 너무 진지하게 고민한다. 인생이란 지나가는 환상과 같다는 것을 깨달아야 한다. 언젠가는 끝나게 되고, 주어진 시간을 당신이 머물러 있는 동안에 느긋하면서도 현명하게 보내야 한다. 너무 곰곰이 생각하거나 고민하는 것은 당신의 인격을 향상시키지 않는다. 그래봤자 당신의 발전을 제한하고, 당신은 인간으로서 나아가야 할 정신적인 길에서 퇴보하게 될 것이다.

-Anonymous

     우리의 삶을 살아가려면 확신을 갖는 것이 정말로 중요합니다. 지금 무엇이 불확실하다고 느끼건 간에 누군가에게 다가갈 수 있다는 확신을 해보세요. 내가 엄청나게 잘생기지도 않고, 머리가 좋은 것도 아니고 그리고 멋진 사람도 아니지만 나는 누구에게나 자신감 있게 다가갈 수 있습니다. 아름다운 여성이 있을 때 다가가서 한 번 춤을 청하거나, 전화번호를 받거나, 아니면 그냥 잠깐 이야기할 지언정 내가 못할 이유는 없습니다. 만약 당신이 무엇인가를 얻어낼 자신이 없다고 생각한다면, 과연 어느 때가 되어야 할 수 있을까요? 당신이 노력하지 않으면 실망감을 느끼는 것을 회피하게 되는 것이고, 당신이 성취감을 느낄 기회조차 없을 겁니다. 그렇게 사는 것은 삶이 아니죠. 머리를 자랑스럽게 들고, 친절하고 정중하게 행동하면서 원하는 것이 있으면 적극적으로 노력해보세요. 무엇인가를 못하게 가로막는 존재가

있다면 그것은 바로 여러분 자신입니다. **인생을 좀 더 포용력 있게 이해하고 자신감을 가지세요. 그것이 당신이 많은 것을 얻을 수 있는 인생의 방법입니다.**

-Andrew Vitale

　우리 삶의 의미라 …… 그런 의미는 존재하지 않는다는 것이 그 의미가 아닐까요? 우리의 삶이란 본질적으로 가치 없고 요점이 없는 것입니다. 인생이 가지는 유일한 가치는 살아있음으로서 우리에게 주어지는 것이지요. 더 나은 계획이란 것도 없고, 새끼고양이가 담겨진 바구니가 있는 것도 아니고, 공짜로 말을 탈 수 있는 것도 아니고, 끝까지 기다린다고 해서 펀팩토리(Fun Factory)사에서 나온 플레이도우(playdough, 유아놀이 및 학습용 장난감 찰흙)를 크리스마스 선물로 받는 것도 아닙니다. 여러분은 지수함수처럼 팽창하는 차갑고 무신경한 우주속에서 변덕스러운 하나의 유기체일 뿐입니다. 설명하기에는 너무 어렵고 기괴한 법칙에 의해서 좌우되죠. 여러분 부모님의 자식이고, 당신에게 소중한 사람에게는 사랑하는 사람이고, 북극곰에게는 먹이로 보일 수도 있습니다. 당신이 태어났을 때는 고약한 냄새가 났고, 죽으면 부패하여 흙으로 돌아갑니다. 벌레가 머리속으로 들어와서 살지도 모르죠. 만약 인생이 의미가 있다면, 우리 자신을 종교나 국가라는 이름으로 몰살당하게 하는 일과 같은 것은 하지 않아야 합니다. 어느 날 내가 길을 걸을 때 컴컴한 곳에서 정신 나간 놈이 단돈 몇푼을 받고서 나를 죽이지 않을까 고민하지도 말아야겠지요. 대학생들은 술에 잔뜩 취해서 자신이 여기 왜 있는지도 모른채 친구 자취방에서 깨어나는 일은 없어야 하구요. 인생이 가치 있는 것이라고 생각하고, 작은 의미라도 부여한다면, 완전히 다른 세상에 살고 있는지도 모릅니다.

인생은 생존입니다.

우리는 어쩌면 빈껍데기와 같이 후손를 남기기 위해 일밀리그램의 수천분의 일도 안 되는 유전자물질을 지니도록 만들어지고 작용하도록 태어난 하나의 종에 불과할 수도 있습니다. 우리는 다른 종류의 바이러스일 수도 있죠. 다른 의식적인 패러다임의 변화가 일어나지 않으면, 우리는 항상 같은 채로 있을 겁니다. 이 이상의, 이하의 의미도 없습니다.
                                                                         -Joe Urchak

　내가 아는 것을 여기서 말할 권리나 책임같은 것이 나에게 있는지 모르겠다. 사람들이 왜 삶을 살아가는지, 다른 누군가가 조사한 것에 대하여 내가 간섭하거나 상관할 권리가 있는걸까? 다른 사람들의 좀 특이하다고 할지언정 그런 시도를 내가 비난할 수도 없는 일이고, 아무튼 나는 누군가를 설득하거나 의견을 형성하거나 하지는 못할 것 같다.

내가 살 권리는 있는 건지, 이 우주 속에 존재할만한 존재는 되는 건지도 모르겠다. 이렇게 내가 글을 쓰는 것이 뭐 대단한 효과가 있을지도 모르는 일이고, 누군가는 유심히 관찰하겠지만, 누군가는 그냥 쳐다보고 지나갈 것 같다. 아마 나는 이 사이트도 다시 방문하지는 않을 것이다. 내가 주어진 시간동안 나는 가르치고, 배우고, 비판하기도 하고, 설득하기도 할 것이다. 내 존재는 이 세상과 공생의 관계를 유지하는데 필요한 정신적, 감정적, 육체적으로 긍정적인 노력을 하면서 자신만의 목표를 성취하기 위하여 애쓸 것이다.

–Lionel Robert Ford

인생의 의미는 온 세상의 눈과 귀가 되는 것입니다. 킬고어 트라웃(Kilgore Trout: 미국 현대소설가인 커트 보네거트/Kurt Vonnegut가 소설에서 만들어낸 허구의 인물로서 창틀 외판원이자 무명작가로 등장하며 작가를 대변함)이 해봤던 것처럼 말이지요. 여러분이 대접받기 원하는 만큼 동료들을 대하는 것입니다. 다른 사람들을 위해 봉사하고, 자주 여행을 다니세요. 당신 주변에 사랑을 베풀면 당신이 한 것처럼 주변사람들도 똑같이 할 겁니다. 당신이 친절하게 대할 때 부담감을 느끼는 사람들을 마음 무겁게 생각하지 마세요. 그보다는 그 사람들을 동정하세요. 사랑받기를 원하는 사람들을 사랑하지만, 조금 후에 필요한 사람들을 위해서는 그 자리에서 기다려주세요. 인생의 의미라 …… 할 수 있는 한 의미

심장하게 만들어보세요. 당신과 타인과 다음 세대의 사람들을 위해 말이죠.

-Robin May

　🔗 **인간은** 복잡한 신경시스템은 지닌 다른 생명체들과 마찬가지로 끊임없는 자극을 원한다. 만약 누군가 이러한 현상을 그림으로 나타낸다면 이것은 항상 보면서 무언가를 느낄 수 있는 위대한 감각을 나타낸 그림이 될 것이다.

고통스럽건 즐겁건 간에, 혹은 지적이건 육체적이건 간에 우리는 자극을 원한다. 우리는 필요로 하는 양분공급과 함께 우리 신경구조를 달래기 위하여 언제나 소설을 찾기도 한다. 이것이 우리가 책을 읽고, 사랑을 하고, 철학적인 질문들을 하고, 또 운동을 하기도 하고, 영화를 보고, 아이를 낳고, 때로는 마약을 하는 사람들도 있는 등 다른 모든 일을 하게 되는 원인인 것이다.

소설에서도 일상적인 일 혹은 평범한 장소라는 배경들보다는 자극적인 것이 주류를 이루고, 우리들 역시 같은 원리에 의해서 휴가를 가고, 새로운 옷을 하고, 일부일처제가 못마땅한 것이라고 투덜대는 남자들도 있고, 암튼 뭔가 새로운 자극을 원하는 것이다.

결국 종합하면 쉬운 것 같다. 인생의 의미는 무엇인가를 느끼는 것이다. 우리의 신체가 우리가 가진 모든 것이고 그것을 통해서 우리는 살아간다.

인생은 본질적으로 의미가 없다. 그러나 이렇게 회피하는 생각을 보이면 우리가 자극에 대한 열망이 있고, 우리가 그런 이유 때문에 신이라고 하는 존재를 탄생시켰다고 하는 것과는 언뜻 잘 맞지 않는 것처럼 여겨지기도 한다. 무의미하다는 것의 의미를 찾는 것은 모든 이는 아닐지라도 많은 사람들에게 정신분석학적으로 어떻게 다루어야 할지 복잡한 문제이다. 많은 이들에게 인생은 의미가 있어야 한다. 그런데 바꿔 생각해보면, 왜 꼭 그래야 하는 걸까? 결국 그래서 종교가 태어난 것이다.

많은 사람들이 자신의 동기를 합리화하지만 결국 간단한 사실로 귀결될 뿐이다. 우리는 항상 무엇인가를 경험하기 위해 목말라한다.

-R.J. Millls

  📎 *인생이란* 제게는 시행착오를 의미합니다. 우리의 선택과, 마지막에는 어떠한 결과를 가지는가, 그리고 어떻게 일을 진행시켜 나가며 우리의 일상의 삶으로 현실화시키는가 하는 여러 가지를 말이죠. 인생은 가치가 있고, 모든 사람들은 자신의 존재에 대하여 중요한 의미를 지니고 있습니다. 저도 시행착오를 거치면서 이러한 것을 알게 된 것이죠. 짝사랑을 하는 것과 같은 것들이 우리가 인생을 어떻게 바라보고, 일구어 나가는가에 대한 연장선상에 있다고 봅니다. 인생은 자라나고, 배우고, 이해하고, 매일의 싸움에 적응해 나아가고 심오한 통찰력을 가지고 진정으

로 전진하는 겁니다. 우리가 죽게 되면 우리에게는 끝이지만, 우리 주변의 사람들에게는 그것은 또 다른 교훈을 주기도 하지요. 모든 인간은 일생동한 수천의 다른 생명들에게 영향을 미치는 존재인 것입니다.

-Kenneth Cruz

◎ **인생의** 의미는 가능한 한 오래 사는 것이고 당신이 사랑하는 모든 것이 결국 당신을 죽게 만드는 것이다.

-Holden North

◎ **인생의** 진정한 의미는 행복을 찾는 것이다. 이 이야기를 들으면 많은 사람들은 육체적인 혹은 금전적인 만족에서 온다고 생각할 수도 있다. 멋진 사랑을 하고 연봉 좋은 직장을 다니는 대외적으로 화려한 것을 말이다. 하지만 진실에서 너무 멀리 떨어진 것은 아닐까? 인생은 정신적으로 행복한 것에 의미가 있을 것이다. 내일 이 세상과 이별해야 한다면 생산적이면서 건전한 인생을 살았다고 말할 수 있을까? 만약 45살이라면 지금 생각해 보아도 만족할 수 있는 결정을 내가 스무 살 때 내렸다고 말할 수 있을까? 지금 스무 살이라면 당신이 마흔다섯이 되었을 때 내적으로 조화로운 삶을 살 수 있다고 확신할 수 있을까?

우리 인생은 TV에 나오는 듯한 결점 없이 완벽하거나 혹은 너무나도 비극적인 주인공에 관한 것은 아니다. 외견상으로는 완벽

145

하거나 비극적으로 보일지라도 어떻게 당신이 이러한 문제들을
다루고 헤쳐 나가는가에 관한 것이 우리의 인생이다. 그렇다고
충분히 모험적인 요소를 지니고 있을 필요도 없고, 평화나 마음
의 안식에 관한 것을 굳이 언급할 필요도 없다.

인생은 균형을 맞춰나가는 것이다. 그럴 때에 당신은 엄청난
행복속에 놓여있을 것이다.

–Sarah E. Wilder

내 생각에 우리 삶의 의미는 90%이상 자신이 하고 있는
일을 즐겨야 한다는 것이다. 그다지 즐길 수 없는 나머지 10%는
일이 될 것이다. 당신 주변에 있는 가족과 친구 같은 사람들에게
고마움을 느껴라. 내 생각에는 우리 모두 가능한 패를 가지고 열
심히 게임에 임하는 것처럼 최선을 다해야 한다. 가끔씩은 허세
를 부리기도 하고, 가끔씩은 올인하기도 하는 것이다.

–Chris W. Ford

인생의 의미라는 것은 질문을 받는 것이 아니라 경험
하게 되는 것이 아닐까요? 여러분들의 인생 혹은 그 주변에서 일
어나는 모든 것들이 그 의미입니다. 이유가 있어서 일어나는 일
은 없습니다. 그냥 단지 발생할 뿐이죠. 여러분이 어떤 '의미'를
찾아내느냐 하는 것은 순전히 여러분이 어떻게 해석하느냐에 달

려 있는 것이죠.

여러분이 즐길 수 있는 시간적 여유를 갖는다면 인생은 훨씬 더 윤택해질 수 있습니다. 꼭 무엇인가 재미있거나 흥미진진한 어떤 일을 해야 한다고 하는 것뿐만 아니라, 여러분이 지속적으로 살아간다는 사실에 안심을 해보세요. 자신들이 원했던 대로 되지 못한 사람들은 많습니다. 여러분의 인생에 보다 많이 신경을 쓰고, 다른 사람들이 하고 있는 것에는 신경 쓸 필요가 없습니다. 여러분이 생각하는 것을 단지 다른 사람들이 더 나은 방법이 있다고 한다고 해서 섣불리 변경하려고 하지 마세요. 여러분의 삶이 본래의 길을 따라가도록 하고, 직접적으로 영향을 받을 때에만 그들의 말에 귀를 기울이세요.

–Christopher C. Long

인생의 의미란 일요일에 새로운 미소를 짓고, 다가오는 새로운 한주 동안의 도전기간에 그 미소를 잃지 않는 것이다. 인생이란 당신의 생각과 반대되는 의견이 있더라도 때로는 침묵을 지키면서 아무것도 이야기하지 않는 것이다. 가끔씩은 침묵을 지키는 것이 더 많은 의미를 전달하기도 한다. 인생이란 특별한 사람에게 "사랑해"라는 말을 하고 당신의 가슴과 영혼 깊숙이 그 말을 간직하는 것이다. 인생이란 가끔씩 마트에서 세일하는 물품을 사려 하는데 누군가가 먼저 그 물품을 집어 들었지만 침착해야 한다는 것을 의미하기도 한다. 때로는 그가 당신을 단지 친구로서만 좋아한다는 낭패감을 멋지게 인정하는 것이기도 한다. 당신 옆에서 운전하고 있던 사람이 거의 당신 차를 칠 뻔한 일이 일어나고 그 사람이 앞으로 쌩하고 도망가 버렸을 때 운전대를 잡고서 차안에서 욕하는 상황이기도 하다. 인생이란 당신은 스포츠 경기를 보고 싶지만 그녀를 사랑하기에 같이 리얼리티쇼를 봐야 하는 것이기도 하다. 인생이란 당신의 상사가 며칠 아파서 회사를 나오지 않았으면 하고 바라면서도 건강하신지를 물어보는 것을 의미하기도 한다. 인생이란 레몬을 집어 들어 레모네이드가 될 때까지 세게 눌러 즙을 짜는 것이다. 마지막으로, *인생은 당신의 삶이 영원하지 않다는 것을 알고, 우아하고 품위 있게 그 사실을 받아들이는 것이다.*

–Everett T. Ruth

인생이란 우리가 지구라고 부르는 이 진흙으로 만들어진 커다란 원형물체에서 우리를 행복하게 하고 우리가 성장하게 하며 또 다른 날들을 살아갈 수 있도록 해주는 누구 혹은 무엇인가를 만나는 것이다. 신이건 가족이건 친구이건 간에 우리가 뭔가를 찾도록 해주는 어떠한 원동력이 있다. 나에게 있어서 동기부여의 원인은 내일은 오늘보다 나아질 것이고, 잔디는 푸르러지고 하늘은 파래지며, 세상은 나아질 것이라는 희망이다. 우리에게 그런 희망과 동기부여와 원동력이 없다면 우리의 인생은 무

의미한 것이며, 살아있다는 것도 단지 생물학적으로만 생존해있는 것과 차이가 없다. 개인적으로는 생존의 의미는 여러 해를 통해서 내가 받아왔던 사랑을 누군가에게 전해주는 것보다 이 세상을 멋지게 떠나는 것이다.　　　　　　　　　　　-Ramya Sanker

　　2003년 여름 유럽을 여행하던 도중 읽었던 잡지의 내용에서 발췌한 것이다. 나는 스물네 살이었고 여러 의미를 찾고 있었다.

　"행복하세요" 라고 어느 승려가 고개를 끄덕이고 살짝 미소를 띠며 이야기했다. 그는 이 좁고 다소 황량하고 깨끗하지 못한 길에서 그가 부지불식간에 나타났던 것처럼 사라져버렸다. 이 낯선 존재는 누구였을까? 그런데 잠깐, 내가 여기서 하고 있던 일은 뭐였고, 더 중요한 것은 내가 왜 여기 있었던 거지? 많은 질문과 정말 많은 답변들이 떠올라서 나는 앉아서 잠시 쉬어야 했다.

　간단한 질문이라고 해서 간단한 답이 뒤따르는 것은 아니지만 20대의 여행자에겐 별들이 떠오르기 시작하면서 나름 명료해지기 시작했다. "행복하세요"라는 것은 승려가 나에게 말씀해주신 것이었다. 그러니까 나의 근원적인 삶에 대한 질문은 오히려 신비스러운 대답을 얻게 된 것이다. 행복하세요라니 …… 그럼 뭐가 행복한거지? 더 중요한 것은 우리가 한 번 우리의 행복에 대하여 답을 찾는다고 해서 그게 인생의 의미와는 무슨 상관이 있단 말인가? 이 승려는 생각할 여지를 많이 준 것도 아니었다.

행복이란 재미있는 것이다. 성인들은 여러 다른 방법을 통하여 행복에 도달한다. 돈, 권력, 사랑, 명예와 같은 것들이다. 그러나 행복을 근원부터 생각해보는 것은 어린아이의 시각에서 보려고 하는 것과 같다. 어린아이들은 모든 미소 속에서 모든 환한 날도 모든 궂은 날도, 구름 낀 날도 달콤한 바람이 부는 날도, 동물들이 곁에 있어도, 식물을 보면서도, 바닷가를 가더라고, 누가 안아주거나 부모님의 사랑이 있거나 하면 행복함을 느낀다. 마음과 영혼이 세상의 아름다움에 대하여 주파수를 맞추고, 건강함과 파괴의 대립이 시작되기 전까지는 말이다. 그러니 만약 이러한 것들이 행복이라면, 어떻게 우리는 이러한 것들을 되찾을 수 있을까? 점점 어른이 되어가는 나는 그 행복을 찾기 위하여 어떻게 어린 날로 다시 돌아갈 수 있는 것일까? 아마, 아마 그럴 수는 없을 것이다.

생각해보니 그 승려는 나에게 신비로운 답을 주려고 노력한 것은 아니었다. 그는 웃으면서 고개를 끄덕이고 가던 길을 걸어갔다. 그의 미소와 인지하고 있는 내용은 대답이 아니고 바로 그의 행동양식이었던 것이다. 그는 내가 행복한 생활을 통해서 인생의 의미를 씩 웃으면서 찾기를 원했던 것이다. 다른 말로 하자면 *지금의 인생을 함께 하라. 웃고, 기쁨을 남들과 나누고자 한다면 당신은 의미를 찾게 될 것이다. 인생의 대기실에서 자면서 시간*

을 헛되이 보내지는 말아라. 웃으면서 그 행복을 타인들에게도 전해주어라. 그것이 인생의 의미이다. -Joe Koller

📎 **인생의** 의미는 최소한 인간의 마음으로는 표현 가능한 특별한 의미가 없다는 것을 깨닫는 것입니다. 운명이라고 하는 것이 우리 인생을 조절할 수 있는 능력을 지니고 있기에 설명할 수 있는 유일한 것이 아닐까요? 현자 소크라테스는 이렇게 그의 저서에 썼습니다. "진정한 지식은 네가 아무것도 모른다는 것을 깨닫는 것이다. 네가 아무것도 모른다는 것을 깨닫는다면, 그것이 너를 현명하게 만들어 줄 것이다." 우리가 이해할 수 있을 정도로 간단한 것은 아무것도 없지만, 이 사실을 인지하기 위해 노력할 수는 있지 않을까? -Jennifer Lynn Miller

📎 **인생에** 의미란 없습니다. 우리를 포함한 모든 것들은 스스로 무엇인가를 경험하고 있는 존재일 뿐이죠. 때로 우리 인생을 어린아이의 낮잠에 비유하고는 합니다. 우리의 의식은 그러한 꿈에서 우리를 깨워주고 다른 꿈을 꾸게 합니다.

-Sharplee

📎 **인생은** 전투다. 그것은 이성, 노력, 경쟁, 협력, 그리고 게임이론을 매일의 상황에 적용시키면서 잘 '싸우는' 것이다.

151

당신이 승리할 것이라고 믿을 준비가 되어있을 때에만 당신은
'승리하는' 것이다.
–Devashish Kumar

📎 **인생이란** 탄소, 산소, 질소, 그리고 다른 화학물질
이 쌓여있는 덩어리일 뿐입니다. 인생은 또 다른 덩어리를 만들
어내는데 능숙하죠. 이것이 중요한 포인트인데, 결국 인생은 포
인트가 없는 것입니다.
–Daniel Binet

📎 **내** 아들아 또 경계를 받으라. 여러 책을 짓는 것은 끝이
없고 또 많은 공부는 몸을 피곤케 하느니라[전 12:12]

일의 결국을 다 들었으니 하나님을 경외하고 그 명령을 지킬지
어다. 이것이 사람의 본분이니라[전 12:13]

하나님은 모든 행위와 모든 은밀한 일을 선악간에 심판하시리
라[전 12:14]
–Charlie Clem

📎 **만약** 셰익스피어의 '헛소동(Much Ado About Nothing)'
에서 인용한다면, "신을 섬기고, 나를 사랑하고 채워나가라"라고
할 수 있을 것이다.

나는 위의 말이 인생을 요약해준다고 생각한다. 모든 사람들은
무엇이라고 부르건 간에 인간보다는 상위에 있는 어떠한 전지전

능한 힘이 있다는 것을 명심하고, 우주의 법칙을 준수해야 하며 존경할만한 존재는 섬겨져야 한다는 것이다. 그들이 존경할만하다면, 자동적으로 여러분의 존경과 사랑을 받을 것이다. '나를 사랑하고'라는 것은 나만 사랑받겠다는 것이 아니라 서로 사랑해야한다는 것을 의미한다. 사랑은 주고받는 것으로서 무한하고 계속 새로워지는 것이다. 그리고 '채워나가라'는 것은 우리가 계속적으로 만족을 찾아야 하는 요구이다. 결국 우리 자신이 하나가 되는 것이고 그러므로 우리는 서로 더 섬기고 사랑할 수 있는 것이다.

조금 장난스러운 것을 이야기한다면, 거짓말도 모든 선과 마찬가지로 결코 쉽게 없어지지 않는다. 우리 모두는 너무 모든 것을 서로에게 이야기하고, 우리 스스로의 해체를 야기한다. 불신은 모든 것에 영향을 끼치는 작은 부정의 씨앗이다. 그것들은 우리가 심지어는 태어나기도 전에 깨어지도록 만들기도 한다. 그러나 그것은 다른 책을 쓰기위한 또 다른 주제가 되기도 한다(이미 비슷한 상투적인 주제가 많은데도 말이다).

간단히 정리하고 싶으면 솔로몬왕의 성경에 있는 현명한 제임스왕의 구절을 인용하겠다. "이것은 인간의 의무일지니, 신에 대해서 경외(敬畏)하고 그의 명령을 따르라." 당신이 곰곰이 마음속 깊이 되내인다면 기본적으로 처음 인용한 것과 같은 문구일 것이다. '경외'라는 것은 두려움과 존경을 보이는 것이다. 언제나 부정적인 의미일 것이라고 생각하지는 말아라. 인생의 의미는 요약하기에 그렇게 복잡한 것은 아니다. 가장 간단해 보이는 일들이 언제나 당신이 생각했던 것 보다는 복잡한 것이다. 그래서 결국 이런 말이 생겨났다. 그리스인들이 이 상황을 잘 알고서 몇 가지 단어를 생각해내었다. 영어사용자들은 그렇게 명석하지는 못해서, 내가 생각해보니 그 단어는 사랑이다.

-Theresa Magario

제 생각에 인생의 의미는 두 가지 면이 있습니다. 첫 번째는 우리의 존재를 정당화시킬 수 있는 가치 있는 목적을 수행하는 것이고, 두 번째는 모든 다양한 경우에 발생할 수 있는 잔인함에 대응하는 것입니다. 물론 어떤 사람들에게는 첫 번째와 두 번째가 같은 의미를 지니기도 합니다.

-Hanry Canton

누구에게나 그 의미는 바뀐다. 내 생각에 나는 나이가 들어감에 따라 그 의미가 바뀌고 자문해 볼 때도 계속 바뀐다. 가족애의 깊이, 친구나 사랑하는 사람을 잃어버렸을 때, 우울하고 힘들 때, 아니면 아름다운 봄날이 다른 의미를 가져다 줄 수도 있다.

-Diana Rodriguez

⌒ *우리* 삶의 의미는 오히려 간단하거나 정말로 명백한 것일 수 있다. 간단히 생각한다면, 우리 삶의 의미는 사는 것이다. 살아나가면서 사람들에게 당신이 존재한다는 것을 알리는 것이다. 어떠한 종류의 삶이 은둔자로서 비참하고 끊임없이 스트레스를 받는 삶을 사는 것일까? 컴퓨터와 손쉬운 모바일의 시대에 너무 많은 사람들은 기술의 노예가 되고 있다. 사람들은 전화하기보다 휴대전화 문자에 익숙하고 직접 만나기보다는 개성이나 인격 따위가 없는 자판 두들기기에 익숙하다. 정말 소름끼친다. 책상을 비우고 컴퓨터가 쉬어있게 좀 놔두고 진부할 말인지는 모르지만, 해안가를 산책하던지, 일몰(日沒)을 바라보던지, 길에서 자전거를 타던지, 더 갈 데가 없을 때까지 한 번 돌아다녀 보아라. 당신에게 기쁨을 가져다 주고, 스트레스를 덜어 주고, 순간이라도 뭔가를 가져다 줄 수 있다면, 그러한 순간의 세속적이지 않은 희열이 진정 행복한 삶의 의미를 알려줄 것이다. 결국 우리의 삶은 순간의 연속이다. 그 것들을 붙잡고, 가능한 한 매 순간이 기억할만하고 즐길 수 있는 순간이 되도록 해라.

-Alec Jorge Calvo

⌒ *나는* 행운아였다고 생각한다.

나는 아내를 사랑하고 그리고 그녀도 나를 사랑한다.

내 아이들도 나를 사랑하고 나는 내 일을 좋아한다.

155

정원이 딸려있는 집이 있고

그리고 덩치가 크면서 영리하지 않은 개도 한 마리 있다.

-Barkawitz

     우리는 인생이라는 선물을 받았다. 단 한 번의 기회만이 있을 뿐이라서, 보다 나은 곳에 도달할 수 있다는 희망을 품고서 할 수 있는 한 멋있게 만들어 나가야 한다. 이 시험 볼 기회는 우리 모두에게 주어진다. 과학자들이 설명해 낼 수 없다 해도, 전쟁과 다툼이 없는 보다 나은 곳이 분명히 존재할 것이다. 모든 나라들은 이 사실을 알고, 신으로부터 부여받은 서로의 보물을 나누는 법을 배워야 한다. 그러면 너무 멋지고 평화로운 곳이 될 것이다.

    언젠가 우리 모두가 돌아가야 할 곳으로 돌아가면 아마 우리 인간들은 알게 될 것이다. 신은 그것을 기대하고 있을 것이다. 결국에는 평화라는 간단한 하나의 해답이 존재할 것이다.

-Cynthia Martin

     보고, 듣고, 느끼고, 냄새맡고, 손 대보고, 웃고, 그리고 사랑하는 것. 이것들을 빼앗아간다면 너에게는 하나도 남는 게 없을 것이다.

-Douglas Oneschuk

◎ *사랑해* 보세요. 누군가를 진심으로 완전하게 사랑하고, 그 사랑을 서로 친절하게 교환하도록 하세요. 기쁨의 최고점은 슬픔의 최저점을 경험하기 위해서는 조건 없이 여러분 자신을 누구에게 헌신할 수 있고, 그러는 동안에 진정한 자신의 모습을 배울 수 있어야 합니다. 우리가 같이 살아가는 모든 사람들과 서로간의 영향이 있다는 것을 알기 위해서는 아무리 짧은 만남이었을지언정 그래야 합니다.

나는 사랑에 빠졌을 때보다 내가 살아있다는 것이 더 가슴에 와 닿은 적이 없습니다.

-Mark Damon Rychen

◎ *인생의* 의미를 분석하기 위하여 멈춰서면 설수록, 우리는 우리의 인생을 잃어버리고 있는 것입니다. 사랑, 고통, 슬픔, 기쁨, 분노. 모두 다 크게 바라보세요. 인생을 두려워하지 마세요. 열심히 살아보세요. **이해할 수도 없는 간단한 말로 인생을 설명하려고 하지 마세요. 여러분이 인생을 경험하면 할수록 그 의미는 바뀔 것입니다. 모든 것을 알아내려고 고민하지 말고, 살아보시면 됩니다.** 인생이 진행되어가는 동안 가만히 정지해있다면 정신 나간 짓이지요. 그렇다면 삶을 포기하고 그냥 흘러가 버리는 게 낫습니다.

-Jay Kim

◎ *내가* 생각한 삶의 의미는 창조주에 대한 상상에서 시

작되었다. 누구에게는 이 창조주는 기독교의 하나님이고, 누구에게는 일반적인 창조력일 수도 있다. 이런 가정이 주어진 채로 나는 계속하겠다.

나는 우주와 같이 눈으로 볼 수 있는 것과 인간이 만든 장치와 같은 것을 통하지 않고는 볼 수 없는 공기와 같은 것들이 모두 창조주가 만들어낸 이 세상에 존재하는 것이라고 믿는다. 모든 존재하는 것들은 창조주가 만들어서 구성해놓은 것들이고 우리는 그것의 일부에 지나지 않는다.

태초에 창조주 혹은 창조력은 물질이 없는 상태의 의식이었다고 믿는다. 그러다가 어느 지점에서 이러한 창조력은 자신을 단순한 의식 이상의 무엇인가가 되기를 희망하고 그것이 지금 존재하게 된 것의 시작인 것이다. 이것이 우리가 알고 있는 "빅뱅(Big Bang, 대폭발)"일 것이다.

이것을 논리적으로 따라 나간다면, 우리 삶의 의미는 이러한 것이 아닐까? 삶은 창조주에게는 자신을 주체적으로 느낄 수 있게끔 하기 위한 방법이었다. 우리는 창조주를 위한 이러한 경험과 지식을 모아주는 일을 하고 있는 것이다.

성경에 의해 말한다면, 이것은 다른 여러 인용되는 문구와 마찬가지로 예수 그리스도가 말씀하신 "나와 아버지는 하나이나"라는 말의 이면에 숨어있는 의미일 것이다.

이것은 우리 모두가 하나이며 같은 존재라는 의미이다. 우리가 나뉘어 있는 것은 단지 환상일 뿐이다. 이 세상이 빨리 이 사실을 깨달으면 할수록, 우리는 우리의 차이점을 치유하고 완벽한 우리들의 자아를 실현하기 위한 일을 시작할 수 있다. 결국 우리가 창조주이고 그가 우리인 것이다.

당신을 사랑하듯이 이웃을 사랑하라. 이웃이 바로 너 자신인 것이다!

-Michael Lawrence Johnson

◎ **시간도** 사람, 이상, 아름다움이 그러듯이 지나갑니다. 인간이 할 수 있는 유일한 것은 자신이 누구인지 깨닫고 받아들이는 것이죠. 인생의 의미는 자신을 이해하는 것입니다. 왜 여러분이 똑딱이며 움직이는지 알게 되면, 나머지 모든 것들도 왜 그렇게 움직이는지 알게 되는 것입니다.

-Kevin George

◎ **내** 생각으로는 여러분이나 나 혹은 어느 다른 사람이라도 누군가를 도울 수 있는 기회가 있다면, 비록 그 사람이 우리가 모르는 사람이라도 할지라도 삶의 의미를 찾을 수 있을 것입니다. 도움이 필요한 누군가를 돕거나 주변 사람들의 삶을 위하여 돕는다는 것은 경험할 수 있는 것 중 가장 가치 있는 경험이 될 것이죠. 정당하게 누군가를 돕기 위하여 부정축재한 정도의 많은 재산이 필요한 것은 아닙니다. 다른 이들에게 동정심을 보이게

되면 당신의 삶은 훨씬 더 풍요로워집니다. 기부하는 내용이 얼마나 작던 크건 간에 여러분의 행동은 그들에게 영향을 미치고 어쩌면 그들의 삶을 구원해주는 역할이 될 수도 있는 것이죠. 어떤 이들은 삶의 의미는 종교라고 생각하고, 또 어떤 이들은 재산을 모으는 것이라고 하기도 하지요. 이러한 것들도 고귀한 것이 될 수 있겠지만, 도움이 필요한 이들에게 동정심을 보이는 것보다 나은 것은 없습니다.

-Keith Zigmund

인생의 의미란 당신이 그 의미에 대하여 아무것도 모른다는 것을 인식하게 되는 능력을 지니는 것이다.

-John Shultz

그 의미는 단순히 생일 축하하는 것과 같은 것은 아니다. 결국 여러분이 태어난 것과 죽게 되는 것을 다 포괄할 수 있어야 함을 의미한다. 여러분이 영원히 살 수는 없을 것이라는 필수 불가결한 내용을 무시하는 것은 의미 없는 일이다. 결국 언젠가 여러분은 잊혀질 것이다. 여러분이 성취한 일들 또한 결국에는 잊혀진다. 그러니 평화와 사랑, 그리고 타인에 대한 동정심과 같은 인간사회에서 지속될 수 있는 것들을 전해주는 것이 남는 것이다.

-Joseph Wisniewski

인생은 꿈이다.
우리는 깨면서 자고 자면서 깬다.

Life is a dream .. we waking sleep and sleeping wake.

−M.E.몽테뉴 「수상록」

◎ **살아간다는** 것은 참 힘들고도 허망한 것이다. 그
래도 다른 대안보다는 좀 더 재미있지 않은가.　　　　－Jim Gossens

◎ **맥주**, 친구, 가족, 당신의 일을 사랑하고 같이 있는 사
람들을 사랑하고, 당신이 하고 싶어 하는 일을 질문하면서 추구
하는 것이다. 맥주가 옆에 놓여 있을 때를 제외하고는 말이다.

－Tyler Robbins

◎ **인류가** 참으로 긴 과정을 통해 아주 먼 과거속의 원
시시대의 물질로부터 진화하였다고 하는 것과 인류에게 목적을
부여한 어떤 고귀한 존재의 개입이 없었다고 하는 추측을 우리는
해 볼 수 있다. 그렇게 본다면 인류는 생존을 하고 후손를 낳아
이어가는 이외의 다른 목적은 없다고 가정하는 것도 무리는 아닐
것이다. 어떤 절대 권력자에 의하여 맞추어진 목적이 없이도, 다
른 모든 종들 사이에서 인류는 삶의 의미를 창조해낼 수 있는 능
력을 지니고 있다. 따라서 어떠한 것도 합법적인 선택인 것이다.
아리스토텔레스가 주장한 도덕적인 사고방식과 행동을 통하여
완성되는 행복이 넘치는 상태에 관한 개념인 유대모니아
(Eudamonia)를 이야기하는 것이 인지하고 있는 것들의 유대모니
아를 위하여 여기서는 적합할 것 같다.

우리는 스스로 실체를 명확히 알 수도 없는 목적에 도달하기

위해 애쓰는 동안에, 곰곰이 생각하면서 우리 자신을 행복하다고 여기고 있는 시간과 함께 우리들은 자신을 위한 유대모니아를 만들어내었다. 아리스토텔레스의 유대모니아 개념에는 양적인 면에 대한 언급은 없다. 단지 어떻게 도달할 수 있느냐에 대한 방법만이 나와 있다. 이것은 다른 것들을 무시하고 살아가면서 단순히 행복하라고 하는 것을 말하기 위함이 아니다. 우리는 아직도 지식을 추구하기 위하여 노력하고, 우리의 여정 중에 찾게 되는 것들에 행복해 해야 한다. 유대모니아는 그 여정의 끝이 아니라 도중에 발견되어져야 하는 것이다. —Greg Muller

그건 사랑이 되어야 한다. 다른 무엇이 또 있겠는가?

내가 젊었을 때 나는 사랑이란 심취하는 것이고 단순하면서 간단한 것인 줄 알았다. 누군가를 만나게 될 때 뭔가에 빠진 것처럼 돌진해나가는 것인 줄 알았다. 어디를 한 대 얻어맞은 것 같기도 하고, 드라마 같기도 하면서 그는 내 심장 속에 있었다. 그리고 나는 그 이상의 더한 느낌을 받은 적이 없었다.

그러면서 진실한 마음이 스며 나오게 될 것이다. 반짝하는 순간은 사라지고 또 다른 사람이 등장하게 될 수도 있다. 인간이란 실수하기 쉽고 때로는 바보같은 존재이다.

나는 전진해 나아갈 것이다. 아니면 중간에 누군가가 전진해 나아가도록 할 수도 있다.

여러 해가 지나고, 그간의 삶은 나를 바꾸어 놓았다. 내 안에 잠자고 있던 공주의식을 말살해버렸다. 그러는 동안에 나는 사랑이란 내가 누군가에 빠지는 것이 아니라 내가 무엇인가를 전해주는 것이라는 피할 수 없는 근본적인 교훈을 배우게 되었다.

우리가 실수하는 부분은 자연이 우리 서로가 만날 수 있도록 역할을 하는 그런 장난인 것이다. 사랑하는 것은 우리가 신에게로 가까워지는 것이다.

-Karen McIntyre

서로간의 관계는 인생에 의미를 부여한다. 이 세상에, 세상의 생명체에게, 그 생명체간의 서로를 연관지어서 완전하게 만드는 것은 바로 그 관계이다. 인생을 풍요롭게 하기 위해서는 사람들은 이 관계를 다시 깨달을 수 있어야 하고 우리 삶이 지속될 수 있도록 가치를 재정립하여야 한다.

아프리카 출신의 여자로서 나의 보잘 것 없는 관점에서 본다면 자원이 세계정치에 영향을 미치는 세상은 우리 삶보다 죽음에 더 많은 가치를 두는 것 같다. 보다 많은 자원이 평화를 진작시키기 보다는 전쟁을 유발하고, 자유로운 삶으로 이끌고 나아가기 위한 것이 아닌 사람을 투옥하는 데에 할당되고 있다. 정치지도자들이 대중매체를 검열하지 않는 규칙을 따라감에 따라, 모르는 척 묵인하는 가운데 정보 혹은 정보의 접근성은 점점 더 통제되고 있다.

종합해보면, 우리는 카메라렌즈를 당겨서 관찰해보고 개인적인 행동은 없다는 것을 깨닫게 될 것이다. 내가 하는 행동은 주변의 사람들에게 영향을 미치게 된다. 어떤 지역에서 탐욕을 부리면 다른 곳에서는 기근이 생긴다. 지구상의 원주민들은 공통점을 가지고 있다. 그들은 불법적이고 잔인하게 그들의 집에서 내쫓겼으며, 조화로움 속에서 자연을 경배하면서 살아가는 것의 중요성을 알고 있다. **우리 삶의 의미가 명백한 보다 나은 세상이란, 자신이 거주하는 곳에 머무를 수 없었던 이러한 사람들에 대한 정의와 모든 생명체에 대한 존경을 의미한다.** 인간이란 결국 더 큰 무엇인가의 작은 부분에 불과하기 때문이다.

–Darice Jones

◎ **인생의** 의미란 그냥 자리 잡고 있는 불필요한 탄소 물질에 대하여 대항하는 것이다. –Steve Paluch

◎ **내** 인생을 바꿔 놓을만한 교통사고가 올해 반 년 전에 일어난 후에 나는 아무것도 특별한 것을 하기를 원치 않는 1년을 보냈다. 아무것도 신경 쓰지 않았고 어디를 가라고 이야기 들으면 가고, 무엇을 먹으라고 들으면 먹는 등 내 의지에 의하여 움직인 적은 거의 없었다. 누가 나에게 이렇게 하라고 강요한 것은 아니었지만, 내가 그렇게 한 것은 앞으로 내 인생이 절대로 이전과

165

같지는 않을 것이고, 나의 미래가 의학적 치료와 육체적인 고통
으로 채워진 나날이 될 것이라는 것을 깨달았기 때문이었다.

이 두 가지는 현재와 미래의 나에게 아직도 바뀌지 않고 유효
하다. 그러나, 감정적인 혼수상태에서 내 자신을 흔들어 깨운 후,
나는 내가 생각하는 인생의 의미를 깨달았다.

행복해질 수 있는 방법을 선택해라. 공식도 없고 계획도 없지
만, 행복해하라. 우리의 인지상태가 스스로에게 달려 있음을 잊
기 쉽다. 우리 인생의 문제를 부정적인 면이 아니라 긍정적인 면
을 가지고 도달하려 노력한다면, 여러분들은 행복해질 수 있다.
반응하기보다는 사전계획을 하는 방식을 택한다면 행복해질 수
있다. 인생이 여러분에게 일어나는 것이 아니라, 여러분과 함께
만들어지는 것이다. 여러분과 여러분의 인생은 별개의 것이 아닌
것이다. 그렇다고 여러분이 활발하고 외향적인 사람이어야 할 필
요는 없다. 어떻게 인생을 인지하느냐에 달려있는 문제이기 때문
이다. 그것이 당신을 힘들게 하는 폭풍우인가 아니면 당신을 협
상가능하게 하는 통로인가? 통로가 될 수 있다고 생각하는 것이
여러분을 행복하게 해 줄 것이다.

만약 그냥 앉아서 TV를 보는 것이 여러분을 정말 진정으로 행
복하게 할 수 있다고 하면 그렇게 해라. 등산하는 것이 행복하게
해 준다면 등산을 하는 것이 최선의 방법인 것이다.

-Ed Gentry

    📎 *인생에* 대한 의미를 갖기 위해서는 여러분의 주변 모든 것이 여러분의 인생이라는 것을 알아야 합니다. 그것으로부터 분리되어서는 할 수 없는 일이죠. 여러분도 그것의 일부분이므로 무언가를 기여하고 있는 것입니다. 이러한 통합적인 관점에서는 하나의 관점에서 본 의미라는 것은 형성될 수 없는 것이지요. 우리 인생이란 카페트와 같은 것이지만, 각각의 한땀 한땀이 독특한 무늬를 구성하는 요소로 되어서 이루어진 것입니다. 어떤 사람은 이러한 복잡한 결합이 놀라움을 불러일으키기도 하고, 그들의 인생이 다른 사람의 인생과 얽히고 얽히면서 내면의 불꽃이 밝게 타오르게 되기도 합니다. 나와 같은 다른 부류의 사람들에게는 입을 쩍 벌릴만한 얼간이들과 얽히는 것이 내 인생의 비인간적인 요소로 작용하면서 좌절의 원인이 되기도 합니다. 아마도 아주 간단히 본다면, *인생의 진정한 의미는 당신 내면의 잠재되어있는 불꽃이 활활 타오르게 하는 것이 아닐까 합니다. 당신의 그 불꽃이 다른 사람들이 당신의 길로 들어올 수 있게 하는 횃불의 역할을 하게 하던지, 아니면 길가에 놓여있는 화염처럼 작용해서 그들이 당신의 인생에 다가올 때 피하고 쳐다보지 못하도록 하세요.*

–David G. Cummings

 인생의 의미는 간단히 하자면 즐기는 것이다. 자기성
찰이란 말할 필요도 없이 고통스러운 것이다.

-Jay Wiggins

 우리 삶의 의미가 뭐냐구? 간단하잖아. 살아가는 것.
매 순간 열심히 살아가는 것, 그것이지 뭐. 매 순간은 시간이라는
선물이고 우리를 행복하게 하는 방식을 추구하면서 현명하게 사
용되어야 되는 것이잖아. 가만히 앉아서 시간이 흐르는 것을 쳐
다보면서 의미가 퇴색되도록 놔두지는 말자. 인생을 진행하며 멋
지게 사는 거야. 모든 것이 이루어진 후에 주어진 시간을 뒤돌아
보면서 "그래, 나는 해냈어. 멋지게 살면서 누군가에게도 기여한
거야."라고 말할 수 있을 꺼야. 인생을 값지게 살지 않는다면 의
미는 없는 것이고, 중요한 부분을 놓치는 것이지. 장미꽃 향기도
맡고, 와인도 맛보면서 그냥 살아보는 거야. 그것은 너희에게 주
어진 유일한 인생이니까.

-Jason Bourgeous

 우리의 인생이 확정되지 않은 근원의 불확실성에서
발생하는 결과물일 수 있다고 생각하고, 무작위로 일어나는 재생
산을 통하여 삶을 이어나가는 능력이라 생각한다면, 우리가 할
수 있는 인생에 의미를 부여하는 유일한 일은, 인간으로서 가능
한 일을 되도록 많이 경험해 보는 것이 아닐까요? 우리의 인지능

력이 미칠 수 있는 범위보다 우리 존재의 확률적 불확실성을 정
당화시켜 주는 좋은 방법이 무엇일까요? 우리의 선조들과 동시
대를 살아가는 이들이 고려했던, 읽고 배우고 공부해보는 것 이
외의 좋은 방법은 무엇일까요? 제 생각으로는 인생의 의미는 인
생이 여러분에게 제시하는 모든 것들을 가능한 한 많이 보고 듣
고 느끼고 맛보고 냄새맡고 배우는 것이라는 의견을 제시하고 싶
습니다. 궁극의, 그러나 절대 불가능한 목표라고 한다면 전지전
능하게 되는 것이겠지요.　　　　　　　　　　　　-J. A. Invergo

　　🔖 **인생의** 의미는 있을 수도 있고 없을 수도 있다. 우리
가 세상을 떠날 때 까지, 어쩌면 그 이후에도 모를 수도 있다. 그
러니 현재에 집중하는 것이 좋을 것이다. 현재라는 순간은 우리
모두가 가지고 있는 것이고, 지금도 지나가고 있으며, 지금 이 글
을 쓰는 순간도 '현재'는 지나갔지만 지금 이 순간이 또 다른 현
재인 것이다. 중요한 부분이 없다고 해도, 개선시킬 수 있는 방법
은 어떻게든 있다. 다시 현재라는 시간이 되었다. 우리는 매 순간
현재라는 선택을 지니고 있으며 이러한 선택은 우리의 그 다음번
의 선택에 순차적으로 영향을 미치는 것이다.

　어떻게 개선시킬 수 있을 것인가? 모든 기회가 있을 때 우리는
바른 선택을 한다. 그리고 우리는 잘못된 선택을 하는 모든 순간
다음번에 올바른 선택을 하기위해 노력해야 한다. 올바른 선택은

무엇인가? 음, 한번 생각해보자. 언제 기분이 나쁜가? 여러분이 다른 사람에게 상처를 주었을 때, 아니면 거짓말을 하거나 두려움에 떨게 되었을 때? 여러분이 나은 삶을 원한다면 그렇게하지 않도록 하자. 그리고 그렇게 할 때나 그런 일이 발생할 것 같으면, 다시는 그러지 않도록 노력하자. 그러면 기분이 그렇게 나쁘지는 않을 것이다. 믿을 수 없을 정도로 간단하지만 가장 하기 힘든 일이기도 하다. 여러분 전체 인생을 위한 임무이기도 하며 그리 많은 시간이 걸리는 일은 아닐 것이다.

가능하면 어떤 일을 해 나가는 동안에 사람들에게 해를 끼치지 않는 방법을 도중에 찾아내도록 노력한다면, 부정적인 시기에 직면하게 되는 경우는 거의 없을 것이다. 존 레넌은 "문제는 없고 해결책만이 있다"라고 하였다. 문제가 있을 때 바로 시정한다면 더 이상의 문제는 없을 것이다.

모든 것이 완벽한 시간이란 오지 않겠지만 우리의 태도는 충분히 보완할 수 있다. 어떤 사람은 내가 어렸을 적의 모습을 생각해보고, 나의 바보 같은 실수에 대해 웃어넘기면서, 다시는 하지 않도록 노력하라고 이야기해주었다. 내 보잘 것 없는 의견에서 깨우침이라고 하는 것은 마음의 상태를 의미하며, 그 안에서 우리는 그 일을 해나가면서 우리가 선택한 모든 시작을 동원하여 모든 상황을 다루는 것이고, 각각의 선택은 이제는 현재가 되어버린 다음번의 기회가 될 수 있도록 하는 것이다. 그러면 이제는 또 과거가 되어버려 우리 자신을 내부에서 갈라놓을 일도 없으니 다음번에는 잘 하기 위해 노력하면 된다. 옳지 않다고 생각하는 일을 적게 하면 할수록, 기분 나쁘게 느껴지는 일은 줄어들 것이며, 여러분의 삶은 나아질 것이다. 간단하지만, 그렇게 말처럼 쉽다면 우리가 이 글을 읽고 있는 일은 발생하지 않을 것이다. 여러분의 인생을 사는 사람은 당신이 유일하다. 당신이 경험하는 것을 똑같이 경험하는 사람은 이 세상에 단 한 사람도 없으며, 무엇이 옳고 그른지를 완벽하게 이야기해 줄 수 있는 사람도 없지만 바로 이것이 여러분이 비난을 포함한 모든 책임을 져야 한다는 것을 의미한다. 그렇다고 풀죽어서 방에만 머물러 있지는 말고, 다음번에는 더 잘하기 위하여 노력하고, 이제부터 그렇게 하리라고 믿어 의심치 않는다.

-Tim Buchholz

내가 잃어버릴 용의가 있으면 인생은 나아질 수 있을 것이다. 나는 내가 한 실수의 또 다른 증거를 잊어버리기도 하면서 나라는 사람은 정말 가치가 없는 사람일 것이라고 생각했다. 나는 내가 항상 불충분하다고 생각했고, 내 전략은 나 자신을 아내, 딸, 자매, 연인의 역할 뒤로 숨기는 것이었으며, 정말로 내 노력이란 보이지 않을 정도로만 하였다. 내가 필요한 상황이 되면 나는 언제나 도와주기도 하고 문 앞에 놓인 도어매트의 역할, 혹은 아이들을 위한 사탕 선물바구니가 되는 것에 이의는 없었다.

알콜중독자가 있는 집안에서 자라나면서 그런 심오할 수 있는 모든 생각을 하였고, 나는 이 세상에 나오지 말았어야 한다고까지 생각했다.

내가 절망에 사로잡혀서 세상에게 나를 좀 제발 이 집어삼킬 듯한 참을 수 없는 고통에서 구원해달라고 간절히 원했던 날이 있었다. 여기에 대한 답으로서 나는 모든 특성을 갖춘 '목성의 귀환'이라는 답을 얻었는데, 이것은 몇 년간에 걸쳐 모든 것이 파괴된 후에 진정한 자아를 찾기 위하여 새로운 것이 만들어진다는 것이었다(목성의 귀환: Saturn's return 혹은 return of the Saturn: 목성의 공전주기가 29.5년인 것에서 유래된 것으로 대략 30세 전후에 젊음을 즐기며 충동적인 시도를 해 보던 시기가 끝나고, 인생을 처음으로 뒤돌아보고 정리하기 시작하는 진정한 성인의 나이가 시작된다는 의미). 내 자신이 불사조처럼 다시 태어날 수 있다면 어떠한 대가라도 치를 수 있다고 나는 생각했다. 나는 성냥불같은 작은 불씨 때문에 모든 것을 망칠 수도 있을 가능성 같은 것은 생각하지 않고, 어둠속의 신념에 내 운명을 맡긴 것이다.

몇 년이 지난 후, 나는 거울 속에서 확고한 모습을 한 내 자신을 발견했다. 나는 변화하고 슬픔을 경험할 용기가 있었으며, 내 불행했던 어린 시절에 대한 기억에서 벗어나고, 내가 알지 못했던 아버지의 모습과 종교에 의존한 어머니를 알게 되었으며, 이중생활을 하던 남편과의 이혼도 결심하게 되었다. 나는 무엇인가가 파괴되면 다른 시작을 위한 새로운 기회라고 생각한다. 내가 얻게 된 경험적인 증거는 내가 무엇인가를 잃어버릴 의지가 있으면, 내 자신 및 나머지 세상과의 올바른 관계를 가질 수 있는 의지를 지니게 된다는 것이다.　　　　　　　　　　　　　－Anna Caldwell

📎 인생이라는 연못에 놓인 조약돌들

그래요. 여러분들은 앉아서 가만히 이 글을 읽고 있지만 나는 여러분이 손을 하늘높이 올렸으면 좋겠습니다. 맞아요. 높이 올리세요. 마치 교실에서 여러분이 그렇게 하기를 원했던 것처럼요. 그리고 실제로 그랬건 아니건 여러분의 자아의식의 높이에 맞춰서 말이지요. 아니, 제 말은 자신감을 의미하는 것은 아닙니다. 저는 자신감과 자존심은 있지만 가끔은 저의 자아의식이 저를 방해할 때도 있습니다. 아다시피 사람들이 생각하는 것은 나라는 사람은 도덕군자인 척 하는 그런 부류입니다. 그리고 또 어쩌구 저쩌구 등등이죠. 내가 이 사실을 알기 전까지는 나는 편안함에서 벗어나는 충동적인 이야기도 많이 하고, 내 본질적인 문제에서는 벗어나서 다른 사람들을 위해 유형(有形)의 무엇인가를 하기도 했습니다. 제가 유형의 것이라고 이야기한 것에 주목해주세요. 믿을 수 없는 것이 아니구요. 그것은 내가 주어진 시간 범위와 내 재능의 보물창고를 사용해서 현실적인 것을 한다는 것을 의미합니다. 내 생각에는 재능이란 우리 주머니에 있는 조약돌과 같다고 생각합니다. 우리가 연못으로 던지지 않는다면 그것들은 점점 쌓여서 그 무게가 여러분을 힘들게 할 것입니다.

아이고! 이런, 아직도 팔 올리고 계셨나요? 죄송해요. 암튼 저는 계속할께요. 팔을 올리고 이제 나는 할 수 있다고 말하세요. 기분 좋아지지 않나요? 저는 이러한 방식을 40명의 학부모가 참가한 초등학교 육성회에서 자원봉사 참여를 얻어내기 위해서 사용하는 방법이거든요. 그날 저녁 육성회에 서명하신 분들도 여러 명 계셨고, 그때부터 그분들이 저를 보실때마다 손을 흔들면서 "나는 할 수 있다"는 말씀을 하세요. 제가 또 발견한 것은 낯선 사람들 앞에서 연설을 할 수 있게 되었다는 것이지요. 그 사람들을 웃게 하기도 하는데 이런 저의 재능은 정말로 다른 자원봉사자들의 참여가 필요할 때는 그것을 가능하게 해주는 대단한 선물이거든요.

저는 자원봉사 일을 하면서 인생과 제 자신과 그리고 다른 사람들에 대해서 많이 알게 되었고 그러면서 몇 명의 정말로 소중한 친구들을 알게 되기도 했어요. 사실 저는 나이가 들어서 대단한 경력을 소유하게 된 것이고 정들었던 친구들과 같은 사람들로부터 4,500킬로미터나 떨어져서 이 곳에 와 있습니다. 사실 떨어져 있기 전까지는 그 사람들이 나에게 얼마나 소중한지 알지 못했습니다. 나는 가족들과 함께 살았는데, 내 자신의 사회적 경력을 쌓는 것이 필요하다는 생각을 하게 되었고, 직장이 필요했습니다. 직장을 찾다가 저는 여성권익위원회에 가게 되었는데, 작성서류위에 저에게는 참으로 의미있는 결과를 가져다 준 답변을 써놓았습니다. "이 위원회에서 자원봉사할 수 있는 사람이 있나요?" 내 안의 작은 목소리가 마술과 같은 이야기를 했습니다. "나는 할 수 있다". 그건 마치 내 호주머니에서 자갈돌을 꺼내서 연못으로 던지면 교차하면서 물결이 일어나는 것을 바라보는 것과 같았습니다.

내 생활을 이전과 같이 정상으로 되돌리고 새로운 친구들을 사귀고 나 자신의 모습을 확립하는데는 22개월이나 걸렸지만 나는 포기하지 않았고, 그때 지원하게 된 것이 나 자신을 구하면서 정말 좋은 사람들이 있는 새로운 세상을 알게 해 준 것이죠.

여러분 주머니의 자갈돌을 보여주는 것은 여러분들도 이와 같이 지원할 수 있다는 뜻입니다. 압니다. 알고 있습니다. 여러분을 위한 시간도 없는데 어떻게 자원봉사 일을 할 시간이 있나구요? 저는 어떤 면에서는 우리는 서로 도와가면서 산다고 강력하게 믿고 있습니다. 저는 언제가 되어야 내가 다시 행복해질 수 있을까라고 생각하면서 침체되어서 고민하던 때가 있습니다. *어느날 "행복은 봉사의 부산물이다"라는 문구를 발견하였고 이제는 걱정이 앞설때는 연못으로 산책을 가서 자갈들을 물 속으로 던집니다. 그리고 "나는 할 수 있다"라고 하면서 다시 좋아질 수 있다는 생각을 합니다.*

-P. Eileen Fisher

175

@ 좋은 사람이건 아니건 간에 정말로 많은 사람들이 제 인생에 영향을 미쳤습니다. 그러는 동안 저는 아주 독특하고 영감을 주는 몇몇 사람들을 만나는 영광을 얻기도 했습니다. 우리는 서로 만나는 사람들의 이야기를 듣고 이해하려 애쓴다면 인생의 의미는 우리 눈앞에 전개될 수 있다고 생각합니다.

우리 할아버지는 그런 독특한 사람 중의 한 분이셨습니다. 20세기로 들어설 무렵 태어나셔서 미국이 많은 것을 성취해가던 시절의 믿기 힘든 이야기들을 많이 해 주셨습니다. 증조부모님들은 블랙풋(Blackfoot) 인디언 출신이셨는데 우리 할아버지 이름을 L.D.라고 하셨습니다. 증조부님께서는 숙련된 화가셨는데, 팔의 상처가 괴사로 진행되는 것을 막고자 어느 날 저녁 식사후에 팔을 절단하셨습니다. 증조부는 그리고 나서 4일 후에 패혈증으로 돌아가셨죠.

아버지 없이 어린 소년이었던 할아버지는 허클베리핀과 같이 살아나갈 수밖에 없었습니다. 할아버지의 삶은 낚시, 사냥, 그리고 예전의 서부에 대한 열정으로 채워졌습니다. 열네살이 되던 해에 기차에 몸을 싣고 그가 동경하던 서부로 갔습니다. 거기서 8년 동안 카우보이의 삶을 사셨죠. 고용된 농장의 일손으로서 다양한 일을 하시며, 양떼를 몰고 서부의 평야지대를 보며 지내셨습니다. 그랜드캐년을 힘겹게 넘으시고 할리데이비슨을 몰고 고향인 해안도시 오하이오로 돌아오셨습니다.

1차대전시에는 너무 어렸고, 2차대전시에는 너무 나이가 많아서 참전하지 못하셨습니다. 할머니를 만나서 3명의 자녀를 낳아서 기르셨고, 몸이 이겨낼 수 없을 때까지 낚시와 사냥을 하면서 젊은이처럼 지내셨습니다. 할아버지는 철로와 산들이 가득한 '예전의 서부'를 재창조하셔서 이야기하시면서 여생을 보내시곤 했습니다. 기타와 유태인 하프(입에 물고 연주하는 악기)를 연주하시고, 손주들을 위하여 이야깃거리를 실타래처럼 풀어내시기도 했습니다. 하루도 일손을 놓으신 적이 없었고, 일흔아홉살까지 소일거리를 하셨습니다.

내가 할아버지의 이야기를 여러분과 나누는 이유는 우리 할아버지께서는 인생의 의미를 알고 계셨고, 나와 하셨던 대화의 마지막 부분에서 정리해주셨기 때문입니다. 나는 그 이야기들의 많은 부분을 정리하였고 지금 발췌하는 부분은 마지막 부분입니다. 심장병 때문에 인생의 남은 기간이 썰물처럼 빠져나가고 있을 때, 우리는 많은 시간을 같이 보냈습니다. 어느 맑은 여름날, 할아버지는 당신과 나의 삶, 그리고 전반적인 인생이 무엇인지를 이야기해주셨습니다. 내가 여쭈어봤죠.

"할아버지, 할아버지 삶을 가치 있게 만든 건 무엇이었어요?"

할아버지의 대답은 조용하고 사려 깊었습니다.

"나는 좋은 인생을 살아왔고, 내 인생에 대한 대가를 지불했

다. 내 집도 가지고 있고, 누구에게 어떤 빚도 지고 있지 않아. 너희 할머니는 참 좋은 어머니이자 아내였고 나는 지금도 할머니를 사랑해. 내 삶에 있어서 가장 중요한 것은 내가 그동안 만나왔던 사람들이고, 그 사람들을 사랑하는 것이다. 나는 주어진 인생의 장점을 찾아서 살아왔고 이 세상이 나에게 준 모든 것을 즐기면서 살아왔단다. 나는 누군가를 의도적으로 상처준 적도 없고, 내가 할 수 있는 한 도우면서 살아왔다. 내가 바로 이 나라가 성공할 기회를 주었다는 증거를 보이며 살아온 게 아니겠니. 인생이 어떠한 상황에 처하든지 말이다. 조상을 탓한 적도 없고 우리나라가 처한 상황을 원망해본 적도 없다. 너희 증조할머니는 나에게 언젠가는 변화가 올 것이고 우리 모두 변하게 될 것이라는 것을 알려주셨지. 나는 내 행동이나 내가 놓친 기회, 아니면 잃어버린 소중한 물건 따위에 대한 후회가 없단다. 매순간 신에게 감사하지."

그러고 나서 할머니가 항상 얼굴을 찡그리시게 만드는 팔말(Pall Mall) 담배에 불을 붙이시고는 이내 조용해지셨습니다. 그리고 나서 12일 후에 할아버지는 돌아가셨죠.

나는 종종 할아버지가 하신 말씀을 되내입니다. 내가 얻을 것이 무척이나 많습니다. 우리 인생은 자유로운 것이지만 인생을 즐기는 것은 우리가 노력해야만 가능합니다. 나는 그렇게 이야기하는 사람들의 말에 귀 기울이고, 얼만큼이 마음에서 우러나온 이야기인지, 얼만큼이 준비된 이야기인지를 궁금해 합니다. 나 또한 할아버지가 그러셨던 것처럼 내 인생에 대하여 같은 열정을 지니고 있습니다. 내가 만나게 되는 사람들을 보듬으려 하고, 그들을 알게 된 것에 대하여 감사드립니다. **우리는 살아감으로서 우리 인생에 의미를 부여합니다. 오늘이 인생의 마지막날인 것처럼 살아가는 것이 아니라, 처음 시작하는 날처럼 살 것입니다. 세상은 늘 새롭고 퇴색되지 않았으며, 내가 발견해야 할 새로움들이 나를 기다리고 있습니다.**

–Boone Adams

나의 기쁨은 간단한 것에서 나온다. 영원하지 않다는 것을 알기에 할머니의 손을 붙잡고 좀 더 꽉 쥐는 것이다. 어느 순간 우리 모두를 바꿀 수 있다는 것에 놀라워하면서 어린아이들의 순수함과 정직함에 찬사를 보내는 일도 마찬가지이다. 낯선 사람으로부터 들은 잊혀지지 않는 충고 한마디를 다른 사람들에게도 전해주고 싶다. 지금 이순간과 똑같은 하늘을 볼 수 있는 순간은 오지 않음을 알고, 지금 이 관점은 유일한 것임을 생각한 채, 하늘을 감상할 수 있는 눈을 지니도록 하자. 어려운 일이 있으면 극복하기 위해 노력하고, 내가 얼마나 머나먼 길을 걸어왔는지 뒤 돌아보자. 나이가 많은 분들이나 경험이 있는 분들의 현명한 말에 경청할 수 있는 귀를 지니자. 내 실수를 인정하고 그 단점을 바꿀 수 있을 정도의 초라한 사람이라는 것도 생각하자. 다른 사람의

멋진 장점을 인정하고 그것들을 이야기할 수 있는 사람이 되자.

　이러한 것을 인지한다고 하는 것은, 단순히 존재하는 것이 아니라 힘들 수 있더라도 삶을 살아가도록 만들어준다. 그것은 내가 좀 더 인생을 사랑하도록 가르쳐 줄 것이다.

-Courtney Suzanne Stewman

DNA 를 재생산하는 것. 얼마나 간결하고 간단한가.

-Luke Mcallister

우리 인생의 진정한 의미는 "당신 자신에게 한 것처럼 다른 사람을 대하라"입니다. 모든 종교의 핵심은 이것으로 귀결되죠. 인생은 역경을 거스르면서 배워나가는 학교와 같습니다. 대담함과 용기를 지니고 이것을 받아들이는 것은 우리의 몫입니다. 우리는 모든 고통 받는 이들에게 동정심을 가져야 합니다. 무엇인가를 달성하기를 원하는 것은 괜찮으나, 다른 사람의 희생이 따라서는 안 되며 최상의 선의의 목적을 달성해야만 합니다. 바로 지금, 우리는 환경을 개선하고 지구 온난화를 멈춤으로서 삶이 향상될 수 있습니다. 지구의 자원은 놀랄 정도로 빨리 소모되고 있습니다. 이 지구를 우리의 아이들과 그 이후의 후손을 위하여 보존하는 것이 우리의 몫입니다.

-Grace Chow

　　◎ *진화라는* 것은 나 자신의 진보하는 힘이 퍼져나가는 것이고 모든 것을 의미합니다. 스스로도 어떻게 진행되어야 하는지 알기 때문이죠. 인생의 목적은 가장 조화로운 상태로 전개되어 나아가는 것인 반면에, 그러는 도중 귀중하지만 낮은 곳에 위치한 것과 인위적이지만 높은 곳에 있는 것들을 제대로 경험하는 것이기도 합니다.

　　예수는 사회의 약자를 돌보는 것을 옹호하고 부를 버린 자유로운 유태인이었습니다. 그는 사회적으로 하층민이라고 받아들여지는 사람을 돌보기 위하여 자신의 시간과 돈과 자존심을 희생한 선한 사마리아인에 관한 이야기를 해주었습니다.

　　미국은 이익을 위하여 전쟁에 돈을 댈 것이 아니라, 예수와 같이 모든 개인에게서 본질적인 가치를 볼 수 있는 이러한 선례를 따라야만 합니다.

　　지구는 47억년동안 존재하였습니다. 생명체는 37억년동안 지구에 있어왔죠. 우리가 사랑하는 미국사회는 이제 단지 200년이 되었을 뿐입니다.

　　내가 생각하는 바로는 우리는 꽥꽥거리는 유인원에서 수십만 년 동안에 문명화를 거치는 진화를 해왔습니다. 축구장 만하던 컴퓨터가 50년 만에 이제는 아이팟 크기로 바뀌었습니다. 우리의 기술적인 진보는 기하급수적으로 이루어지고 있습니다. 우리가 서로서로 사랑하는 법을 배우고, 인생의 괴로운 순간도 즐길 수 있게 된다면, 범지구적인 협력은 우리를 모든 것이 보장된 세상으로 이끌어나갈 것입니다. 그러면 이러한 협력을 위한 계획은 어떤 것이 있나요?

존 레넌이 했던 말을 빌자면, 우리는 정치적인 메시지를 꿀에 담가야 합니다. 다른 말로 하면, 그러한 변화를 하는 것에 대하여 최고의 관심을 가질 수 있도록 사람들을 설득시켜야 하며, 그렇지 못하면 변화하지 못할 겁니다. 미국의 미래는 선한 사마리아인들의 운명과 같은 것이죠.

지금 당장 변화시킬 수 있는 미국식 처방법이 있습니다. 모든 가능한 매체를 동원해서 2년 동안 이에 관한 정보를 일제사격하듯 퍼붓는 겁니다. TV, 잡지, 블루투스, WiFi, 인터넷, 도서, 팸플릿을 통해서 말이죠. 우리의 메시지는 간단하고 모든 가능한 언어로 번역될 것입니다. "사랑하세요. 전쟁이 아니구요. 우리 자신만이 아니라 우리가 살고 있는 행성인 이 지구를 구하기 위하여 같이 노력합시다. 전쟁은 사라져야 합니다. 협력이 파괴를 대신해야 합니다. 1+1=2이지만 1-1=0입니다. 우리가 협력하지 않으면 우리는 멸망하게 될 것입니다. 전쟁이 없는 상태를 사랑하세요."

정보의 장벽이 존재하는 몇 년 동안에, 미국은 군대를 다시 국경으로 보낼 것이고, 절감된 군비관련 예산은 우리의 경제가 지속 가능하고 효율적인 방향으로 발전되도록 사용될 것입니다. 그러면 20억불이나 B-2 폭탄과 같은 소모적인 군사 프로젝트는 멈추게 될 것이지요. 그러면 에너지산업의 조절 또한 이루어지게 될 것입니다. 그리고 군대에서 나오게 된 잉여인력은 태양에너지 패널 등의 관련업종에서 일하게 됩니다. 나노기술로 채워진 이러한 태양광패널은, 물이 수소로 전환되어 자동차 연료로 사용되듯이, 에너지원이 무료이면서 재생산이 가능한 에너지로 가득 채워질 것입니다.

다음으로는 모든 미국 시민들이 건강한 환경에서 자랄 수 있게끔 교육과 의료분야를 공공화하는 겁니다. 소득세를 폐지하고 국가에서 판매세를 부과하는 겁니다. 시장이라는 이름하에 자본주의는 남겠지만, 에너지, 의료보장 및 교육, 의약산업은 근본적으로 우리나라의 번영을 지키기 위하여 바뀌어야 합니다. 마약과의 전쟁은 피해를 줄이는 방향으로 전개되어야 합니다. 약물남용은 사회적인 건강의 관점에서 다뤄져야 하며, 강력 범죄자들을 위한 감옥도 방이 남아야 합니다. 미국에서는 대부분의 사람들이 여든까지 살기 때문에 과학 분야는 대규모로 지원되어야 합니다. 이러한 것들이 적용된다면, 우리나라를 구원해주는 요소가 될 것입니다.

정당한 이유와 과학과 지식은 우리나라의 규칙이 되어야 합니다. 열정은 좋지만 좋은 일에 사용될 때만 그럴 것입니다.

모든 인간은 보금자리와 음식, 의료치료, 그리고 의복을 갖출 권리가 있습니다. 이 나라의 개인이 가질 수 있는 최상의 경우의 수는, 모든 사람들이 협력이라는 선택 가능한 경우의 수를 고를 때 모두가 이익을 볼 수 있다는 것입니다.

모든 제국들이 결국에는 무너졌지만 우리는 인류를 발전시키기 위한 범지구적인 정보화시대속에서 기회가 있습니다. 이러한 맥락에서 또 하나의 부패한 제국으로 남아야 할까요, 아니면 긍정적인 변화의 촉매역할을 하는 게 나을까요?

다른 대안들도 있습니다. 걷잡을 수 없는 지구 온난화, 환경시스템의 파괴, 핵무기의 위협, 대량학살, 인권의 침해, 그리고 인류의 멸종.

다시 유행어를 살펴보면 "사랑하세요. 전쟁이 아니구요", "무지와 편견을 넘어선 지식", 그리고 "어디에나 태양광 패널을"입니다.

–Spoe Broderick

인생과 모든 생물학적인 것들의 의미는 의미를 지니는 것입니다. 그것이 생명체들이 하는 것이죠. 그것들도 의미가 있습니다. 그것들이 의미하는 것은 지금 어디에 있고, 어디에 있었으며, 무엇을 필요로 하는가 입니다. 인생이란 역동적인 유기체 구조에 내재되어 있는 중심적인, 발전적인, 그리고 진화에 있어 가장 중요한 핵심에 관한 것입니다. 당신이 말하고 하는 것을 의미하는 것이 아니라, 당신이 누구인지를 의미하는 것이지요.

–Jonathan Golick

    인생에 의미란 없다. 우리는 지금 여기 있고, 그러면 된 것이다. 더 이상은 아니다. 그러므로 인생의 의미를 찾아 헤매는 일은 아무 소득도 없이 개인 시간의 낭비만 초래할 것이다. 그러면 우리는 어디에 남겨져 있는 것인가? 우리는 이 더러운 흙덩이에 살아가면서 무엇을 해야 할 것인가? 여기에 대한 대답은 매우 간단하다고 생각한다. 재미있게 살고, 타인에게 친절하고, 배울 수 있는 것들은 배워라. 우리가 보고 경험할 많은 것들이 있기 때문에 내가 왜 여기 있는 것인지 고민하며 시간을 낭비하지 말고 그 대신에 지구라는 행성이 우리에게 제공하는 풍부한 것들을 탐험해 보라. 누가 뭐라던 간에 우리가 죽은 뒤에는 아무것도 없다고 생각해라. 그리고 당신이 살아있는 동안에 할 수 있는 한 재미있게 살고 많은 경험을 해보도록 하라. 다시 돌아오지 못하게 될지 누가 아는가.

-Megan Sierant

    우리는 이 지구에 놓여있고, 퍼즐의 다른 조각처럼 서로 다르게 만들어졌다. 우리 인생의 의미는 예전에도 그랬고 미래에도 서로 사랑하는 것을 배우고 이 퍼즐 조각을 각각의 합보다는 강력한 것으로 만드는 것이다. 우리는 서로를 이해하기 위해 노력하고, 판단하지 말고 들어야 하며, 서로 배워나가고, 우리가 이해하지 못하는 것을 버려서는 안 된다. 인생의 의미는 매우 간단하다. 그것은 어렵게 만드는 인간성의 본성인 것이다. 그리고 여러분들, 바로 그것이 바르게 살기위하여 우리가 그 심오한 긴 시간을 필요로 하는가에 대한 이유이다.

–David Green

  개인적으로 나는 어떻게 사랑하는가를 배우는 것이 내가 할 일이라고 생각한다. 그것은 '사모하는 것'이 아니라 '아가페적인 사랑을 하는 것'이다. 타인에게 친절하기 위하여 당신이 판단과 도덕적인 이성을 포기하게 만드는 것은 바로 이러한 사랑이다. 나는 이것을 나의 아이들 및 친구들 대부분과 할 자신이 있다. 지금 나는 종교적인 권리를 위하여 일한다. 운 좋게도 나는 이제 겨우 마흔일곱살이다.

–Sylvia Archer

  나에게 인생이란 현재의 덧없는 아름다운 순간일 뿐이고, 끊임없이 나타나는 우주의 패턴들 중 하나를 담은 한 장의 사진과도 같은 우리의 경험입니다. 끝을 알 수 없는 전체에서 우리와 관계된 극히 미세한 한 부분을 경험하는 것은 우리가 얼마나 보잘 것 없는 존재인가를 문득 깨닫게 합니다. 그럴 때면, 보잘 것 없는 우리와는 달리 언제 어디에나 존재하는 영원한 실체, 즉 신에 대해 깨닫게 됩니다.

현재의 인생은 어린 아이들에게 달려 있지만, 선조들과 어떤 모습으로 등장할지 모르는 미래의 인간을 연결해주는 고리는 각자의 상대적 위치가 무엇이든 상관없이 우리 모두를 이어주는 유도선이 됩니다. 인생은 질서와 무질서의 결합입니다. 인간의 찰나적인 생존에도 자신에 대한 이해는 반드시 필요합니다. "인생은 그저 섹스와 돈일 뿐, 아무것도 아니다"라는 말은 아무 생각없이 내뱉은 얘기일 수도 있겠지만, 그 말에는 우리가 생존과 이기적 DNA의 증식을 위한 임무를 다해야만 한다는 근원적 필요성이 진솔하게 담겨 있습니다. 다만, 우리는 영혼을 가진 존재로서 우리 스스로 택한 방향으로 진화하기 위해 언제나 의식적인 선택을 하게 될 것입니다.

– Kristopher Flagg

우리가 삶의 의미를 고민할 때 비로소 삶은 의미를 갖는다. 삶의 의미는 해답에 있는 것이 아니라 질문 그 자체에 있기 때문이다.

– Bagus Tirta Susilo

태초부터 시작된 복잡하고 수학적인 '이야기' 속에서 살아있는 모든 유기체는 그 이야기를 끌어가는 변수다. 인지능력을 지닌 인간이 존재의 기원과 의미를 찾는 것은 당연한 일이다. 그러나 우주의 광대무변한 시간의 흐름과 비교해보면, 우리 개인의 독립된 삶들은 이야기의 흐름에 아무런 영향도 줄 수 없다. 이런 우주의 시간 속에서 우리의 존재 의미는 무엇일까?

인류가 살아온 삶의 길이를 모두 합친 것과 비교하면 내 자신의 인생과 경험들은 중요하지도 독창적이지도 않다. 인류의 역사가 수백만년에 걸쳐 있다면 그 역사에서 내가 어떤 자리를 차지할 수 있을까? 누군들 그럴 수 있을까? 우리가 어떻게 될지 우리는 아직 알 수 없다. 우리는 은하계의 작은 점으로서의 인류 역사 끄트머리에 붙여진 각주 정도의 가치를 가질 수나 있을까. 그걸 아는 것만도 몇 백만년은 걸릴 것이다. 그동안 우리는 아기를 낳아 기르고 그들이 주는 기쁨을 만끽하자. 이 모든 것들이 이야기의 자연스런 부분일 테니까.
- Dan Coker

    진화하는 것, 더 빠르게 진화할 수 있도록 진화하는 것. 인간에게 이것은 모방적 혹은 지능적 진화를 의미한다. 왜냐하면 모방적 진화는 유전적 진화보다 훨씬 더 빠르기 때문이다. 수많은 실험을 통해 아이디어가 완성되는 현대과학은 우리가 경험했던 것 중에 가장 빠른 형태의 진화다.

하나의 종(種)으로써 우리가 더 나은 삶을 영위하고 우리의 지적 발달 속도를 증가시키기 위해 기술을 사용하기도 하지만, 우리는 세상과 우리 자신을 이해하기 위해 과학을 사용하는데 초점을 두어야 한다. 가난이나 질 낮은 교육 때문에 사회에 기여할 기회를 잃은 사람들을 줄이기 위해 우리는 노력해야 한다. 우리는 또한 과학적 방법을 윤리와 같은 다른 영역으로 확장하고, 세상의 이성적인 연구에 반하는 종교 바이러스로부터 우리 자신을 자유롭게 하는데 노력을 기울여야 한다.

– Jeffrey Burdges

철학자나 신학자, 가난뱅이나 왕과 여왕을 가릴 것 없이, 인간은 모두 영겁의 세월 속에서 자신이 이 세상에 존재하는 순간 동안 이 난제와 싸워왔다고 할 수 있습니다. 그 해답을 찾았던 찾지 못했던, 성당에서, 전쟁터에서 그리고 온 세상의 대학 기숙사의 보랏빛 아지랑이속에서 그들은 해답을 찾아 헤맸습니다.

질문 그 자체는 우리 존재의 상태에 대한 많은 것을 말해줍니다.

존재론. 존재에 대한 연구. 우리는 왜 여기에 있을까요? (다윈의 사다리 꼭대기에 오르기 위해서?) 자기 자신을 도저히 용납할 수 없을 것 같은 이 '생각하는 짐승' 또는 사회적 피조물의 목적은 무엇일까요? (하느님의 뜻을 이루기 위해?) 그게 전부일까요? (혹은 사랑하기 위해?) 그런데 왜 물질계는 고통과 고난으로 찌들었을까요? (재산을 모으기 위해?)

오전 9시부터 오후 5시까지 매일 쳇바퀴 돌 듯 반복되는 고역은 싸늘한 아파트 화장실의 고장난 수채구멍에서 모락모락 피어오르는 증기 속에서 끝이 납니다. (우리는 우주적인 황당한 사고가 아닐 수 없습니다.) 마야, 그 웅장한 환상. (황금은 커녕 초콜릿이나 원없이 먹었으면 ……) 끊임없이 순환되는 거짓말과 기만은 우리만의 행복한 장소로 데려다줄 존재론적 도약에 의해서만 깨질 수 있을까요? (내 나이 벌써 마흔둘인데 ……)

질문 그 자체가 우리의 환멸과 채워지지 않은 욕망으로 이어집니다.

거리의 광신도들이 신앙심으로 가득찬 입술로 해답을 외쳐대지만, 진정한 해답은 장애를 지닌 자식을 돌보는 늙은 어머니의 말없는 헌신 속에 담겨있습니다. 장군들은 사람을 죽이는 무기를 휘두르며 인생의 해답을 찾았노라고 선언하지만, 예술가들은 그들의 가슴으로 인생의 해답을 그림으로 그리고, 노래하고, 조각합니다. 아이들은 만화책에 나오는 영웅에게서, 소방관의 멋진 헬맷에서, 또 그들의 아빠와 엄마에게서 인생의 해답을 찾습니다. 빵장수는 아침 일찍 오븐에서 첫 번째 달콤한 롤빵을 꺼내며, 그 빵을 사기 위해 가게 문 앞에 줄지어 서있는 행복한 친구들과 손님들을 흐뭇한 미소로 바라보며 인생의 의미를 느낍니다.

해답은 우리 눈 앞에 있습니다. 질문이 잘못 되었을 뿐입니다.

그런 식으로 질문해선 절대로 해답을 찾을 수 없을 것입니다. **"인생의 의미는 무엇인가"가 아니라 "무엇이 인생에 의미를 부여하는가"를 고민해야 우리는 해답을 찾게 될 것입니다.**

– Kevin Canfield

◎ **언젠가** 본 영화에서 나온 대사가 기억나네요. "내가 확실히 아는 단 한 가지는 공중 화장실에서는 들어가야 할 사람 마음대로가 아니라 나올 사람 맘대로라는 것이다."

– Mike Moore

◎ **만일** 인생에 아무런 의미도 없다고 믿는다면, 의미 없는 인생이 더 좋다거나 혹은 더 나쁘다고 말할 수도 없다. 인생은 단지 있는 그대로다. 삶을 살아가는 모든 사람은 제각기 다른 인생의 의미를 만나게 된다. 삶을 더 좋게 만들거나 더 나쁘게 만들 수는 없다. 인생을 여러 번 살 수만 있다면 가능하겠지만, 어차피 단 한번 밖에 살 수 없는 인생인 이상 그건 불가능한 일이다.

– John Lloyd Miller

◎ **우는** 아이들 달래주고, 겁에 질린 아이의 두려움을 가라앉혀 웃게 만드는 것. 그것이 누군가의 삶에 의미를 주기 위해 필요한 전부다. 그 이상도 그 이하도 아니다.

인간이든 동물이든, 하다못해 풀 한 포기라도 다른 생명을 위해 더 나은 세상을 만드는 것이 우리가 해야 할 일이다. 다른 생명이 더 잘 살아갈 수 있게 만드는 것, 그게 바로 삶의 의미다.

– Len Probert

📎 **삶은** 자신이 받은 호의를 다른 사람들에게 되돌려주는 것입니다. 맘껏 기대어 울 수 있도록 자신의 어깨를 내어주고, 곤경에 처한 사람에게 손을 내밀어주며, 따뜻하게 껴안아주고 사랑해주는 일입니다. 삶은 들판을 가로질러 산책하면서 하늘을 나는 듯한 기분을 느끼는 것입니다. 삶은 자신을 가로막는 어려움과 마주쳤을 때 그것을 장애물이 아니라 자신이 만들어야 할 새로운 길이라고 여기는 것입니다. 삶은 닫힌 문을 열고, 활짝 트인 길을 닦는 일입니다. 삶은 당신의 소망을 이야기하고, 타인의 소원을 들어주는 일입니다. 삶은 감춰진 보물을 찾고 놀라운 기쁨을 함께 나누는 일입니다. 삶은 찌푸린 얼굴이 아닌 미소이며, 슬픔이 아닌 기쁨입니다. 삶은 보잘 것 없는 것들 조차 인생의 한 부분으로, 인생의 기나긴 여정에 꼭 필요한 짐으로 받아들이는 것입니다. 삶은 살아가는 일입니다.

– Tiara Shafiq

📎 **나는** 이제 대부분의 사람들이 '중년' 이라고 부르는 나이가 되었다. 어린 시절에는 신앙심이 깊었는데, 잘된 일인지 잘못된 일인지 모르지만 어른이 되면서 종교에서 멀어지게 되었다. 나는 멋진 여성과 결혼을 했고, 아내가 내게 해준 것을 아내에게 되갚을 수 없음을 매일 절실히 느낀다. 나의 미래를 상상해 보려 하지만, 그 미래는 형체를 알 수 없는 먹구름에 가려져 있다. 내가 능력이 모자라 할 수 없었거나 혹은 나태함으로 인해 이루지

못했던 과거의 모든 일들을 후회한다. 나는 인생에 대해 다소 냉소적인 편이고, 유감스럽게도 나의 냉소는 나이가 들수록 점점 더 커지고 있다.

내가 도대체 왜 여기 존재하는 건가? 진짜 이유라도 있기는 있을까? 모르겠다. 앞으로도 결코 알 수 없으리란 생각에 두렵다. 다만 언젠가는 아무리 의미없고, 이유 조차 없는 인생이라도 평화롭게 받아들일 수 있었으면 좋겠다.

나는 예전에 인생이 섹스를 통한 종족 번식 (혹은 모든 헛된 노력) 그이상 아무런 의미도 없다고 생각한 적이 있는데, 어쩌면 그게 가장 진리에 가까운 것일까봐 두렵다. 내겐 아이가 없다. 그것만 봐도 나는 실패한 인생이다.
– Mike Fisher

잘 기억나진 않지만, 다른 의식을 지닌 존재들과는 달리, 의식을 향한 나의 첫 도약은 나 자신에 대한 인식으로부터 시작되었다. 인식의 정도야 보잘것없겠지만, 내가 존재한다는 것, '나' 라는 존재가 있다는 것을 알게 된 것이다. 다른 아기들처럼 나는 나의 양손을 보고 그 손들이 나 자신이고 내가 또한 손들임을 서서히 깨달았다.

그로부터 몇 년이 지난 후, 내 주변에 있는 것들을 지켜보면서 모든 살아있는 것들에게는 한결같이 탄생과 삶 그리고 죽음이 있다는 사실을 나는 배우게 되었다. 낙엽 더미 아래서 죽은 새를 발

193

견했을 때나, 돌아가신 할머니를 애통해하며 우는 나의 아버지를 보면서, 갓 태어난 동생들의 아기 피부를 어루만지면서, 이제는 죽은 고목이 되어 한때는 자신을 길러준 생명의 원천인 대지 위에 드리워진 한낱 그늘이 되어버린 거대한 참나무 고목을 바라보며 나는 그것을 배웠다. 이런 순환의 징후는 우리 주변 어디에서나 찾을 수 있다. 다만 우리는 그 사실을 알지도 못한 채 운명을 견뎌내고 있을 뿐이다. 이 모든 징후들은 사람들에게 듣고 싶지 않은 메시지를 전한다. 생명이 있는 것은 무엇이든 결국 자연으로 돌아가야 하고, 그 규칙에는 예외가 없다는 것을.

어렸을 때 나는 종종 내 생각 속에서 길을 잃은 채, 공허한 시선으로 넋을 놓고 앉아 있곤 했다. 그렇게 내가 생각 속에서 길을 헤매며 허공을 둥실 떠다니듯 멍한 적이 많았기 때문에 선생님들은 나에게 '달님'이라는 별명을 달아 주셨다. 그러나 우주의 광대함에 대해 처음으로 얘기를 들었던 날 밤 전까지는 결코 밤하늘이나 내 머리 속을 그렇게 집중해서 본 적은 없었다. 여름 캠프 때 젊은 천문학자에게서 지구, 태양계, 은하수, 우주 등에 대해서 짧지만 너무나 흥미로운 얘기를 들은 것이다. 그는 마법 같은 비디오 테이프를 보여주면서 거의 모든 사람들이 세상의 시작이라고 믿는 빅뱅의 순간으로 우리를 데려갔다. 나는 꼼짝 않고 앉아서 그의 말을 한마디도 놓치지 않으려고 집중했고, 동시에 나의 조그만 뇌는 저 멀리 떨어진 경이로운 세계를 느껴보려 애썼다.

내가 태어나기 전에 이미 수십억의 생명체가 있었고, 아마도 앞으로 또 수십억의 생명체가 태어날 것이라는 사실을 알게 되었다. 그리고 지금 살아있는 모든 생명체들이 태어나기 훨씬 전에, 시간이라는 개념 자체도 존재하지 않았던 수십억 년 전에 수십억 건의 사건들이 일어났었고, 또 지금 이 순간에 살아있는 생명체가 모두 죽은 뒤에도 수십억 년 동안 수십억 건의 사건들이 일어날 것이라는 얘기를 들었다.

그날 밤 늦게, 나는 침낭에 누워서 칠흑 같은 기숙사 천장을 응시했다. 눈을 감으려고 했지만 감을 수가 없었다. 이윽고 만물의 위대한 체계 속에서 우리 중 그 누구도 손톱만큼이라도 다른 결과를 만들어낼 수 없다는 사실이 명백하게 느껴졌다. 내 존재가 아무런 의미도 가질 수 없다는 사실을 깨달았을 때 나는 겁이 나기도 하고 매료되기도 했다. 아무튼 시간과 공간 모두에서 내 자신의 이 장엄한 무의미함은 내 자신의 죽음에 대한 생각으로 나를 이끌었다. 무엇보다, 그날 밤 나는 내가 언젠가 결국 죽을 것이고, 내가 죽는다고 해도 이 방대한 우주에는 아무런 변화도 일어나지 않을 것임을 깨달았다. 죽음에 예외가 없듯이, 여기에도 예외가 없어 보였다.

다음날 나는 학교 친구들의 비아냥과 찬사를 동시에 들으며 연못에서 거대한 황소개구리를 잡으려 안간힘을 쓰고 있었다. 연못 속 큰 바위 밑에 손을 밀어 넣은 끝에 나는 마침내 황소개구리를 잡았다. 개구리는 엄청나게 크고 미끄러웠으며 내 손아귀를 벗어나려 자꾸만 버둥거렸다. 나는 개구리의 다리를 잡은 손에 힘을 주어 더 강하게 잡고, 다른 손으로는 개구리의 눈을 가려서 움직이지 못하게 했다. 솔직히 내가 그 개구리를 가지고 뭘 어쩌겠다는 생각은 전혀 없었다. 개구리는 더 이상 빠져나가려고 발버둥 치지 않았지만 난 개구리의 심장 소리와 호흡을 분명히 느낄 수 있었다.

아마도 내 마음이 나 자신을 속였던 것인지도 모르겠지만, 갑자기 개구리와 나의 호흡이 정확히 일치하고 있다고 느껴졌다. 순식간에 그 불쌍한 미물에 대한 동정심이 밀려왔다. 연못을 멍하니 바라보자, 거기엔 내가 잡은 개구리의 친구들이 물 밖으로 눈만 살짝 내민 채 우리를 쳐다보고 있는 것 같았다. 정신을 차렸을 때, 나는 개구리를 연못으로 돌려 보낼 수 밖에 없었다. 무릎을 꿇고 물속으로 황소개구리를 놓아주는 순간, 내 바로 뒤쪽에 있던 수천 장의 단풍잎 소리와 함께 강한 바람이 내 등 뒤로 불어왔다. 그 소리와 바람은 내가 어린 시절 내내 듣고 느껴왔던 것과 같았지만 그 순간의 그것들은 내 몸을 뚫고 들어와 내 뼈 속까지 닿는 듯 했다. 다시 일어서서 앞을 봤을 때 연못에는 나의 친구들이 수영을 하고 있었다. 물 밖으로 머리만 내놓고 …… 연못 속의 그 황소개구리들처럼.

– Mathieu Sylvain

    인생의 의미는 인생의 의미를 찾는 것 바로 그 자체랍니다. 그렇지요. 말도 안되는 것 같지요. 하지만 인생엔 정답이란 게 없으니까요. 인간으로서 우리는 의심과 두려움으로 가득 차 있어요. 그렇기 때문에 우리는 항상 우리 자신 또는 다른 사람들과 더 많은 교감을 느낄 수 있게 해주는 것들을 추구하지요. 우리 자신이 남다르다고 느끼게 해주는 것 말이에요. 우리는 다른 이들의 삶에 뭔가 특별한 존재가 되기 위해 애씁니다. 지금 이 세상에서 보내는 시간이 헛되이 낭비되고 있지 않다고 느낄 수 있도록, 그리고 우리의 인생이 제대로 흘러가고 있다고 느낄 수 있도록 말이지요.

어쨌든 인생은 흘러가고, 때로는 나이가 들수록 세상을 이해하기가 점점 더 어려워지죠. 왜 그럴까요? 우리가 세상을 복잡하게 만들기 때문일 거에요. 어린 시절엔 모든 게 단순했어요. 모든 것이 새롭고, 모든 것이 흥미로웠죠. 그래서, 만약 내게 인생의 의미가 뭐냐고 다시 묻는다면 난 이렇게 얘기할래요. 할 수 있는 한 최선을 다하라고. 모든 순간 순간이 마치 처음인 것처럼, 마치 마지막일 것처럼 즐기세요. 넘어질 때마다 다시 일어나세요. 절대로 포기하지 말구요. 사랑하고 사랑받는 방법을 배우세요. 단순한 모든 것들을 즐기세요. 어떤 일도 당연한 것으로 생각하지 마세요. 아마도 인생은 모험일 거에요. 어떤 날은 좋고, 그렇지 않은 날도 있어요. 싸움이 일어나면 이길 때도 있고 질 때도 있는

거에요. 하지만 마지막에 중요한 건 당신이 최선을 다 했다는 걸
스스로 인정할 수 있어야 하는 거에요.

아무도 당신을 멈추지 못했음을, 당신 자신에게 진실했음을 인
정할 수 있어야 해요. 그렇게 살아가는 동안, 당신이 타인의 삶을
어루만져주었음을 알게 될 거에요.　　　　　　　　　　　　　– Rebeca

＠ **인생에서** 내가 간절히 원하는 것은 사랑입니다. 서
로를 온전히 그리고 두려움 없이 사랑하는 것 그리고 있는 그대
로 존중되고 존경받는 사랑을 하는 것입니다.

인생의 의미는 사랑입니다. 하지만 지금 당장은 치즈케이크 한
조각이라도 좋겠죠.　　　　　　　　　　　　　– Stephanie Koch

＠ **인생의** 의미는 보편적으로 어디에서나 의미를 가질
수 있는 것이 없다는 사실에서부터 시작된다. 우주의 영원한 운
행 때문에, 또 통계적으로 봤을 때 대수롭지 않긴 하지만 당신이
우주의 매우 작은 부분에 미치는 영향으로 인해, 당신과 당신이
아는 모든 것들에게 곧 다가올 죽음으로 인해 여러분의 인생은
사실상 아무런 의미도 없기 때문에, 인생의 의미는 매우 단순한
관찰로 나타난다. 살고, 경험하고, 그리고 그 경험을 즐기는 것이
다. 이 세가지가 없기 때문에 인생은 무의미한 것이다.

요점을 이해하기 위해 초파리를 생각해보자. 알에서 깨어서 죽

을 때까지 불과 몇 시간 밖에 되지 않는다. 그 짧은 시간 동안 초파리의 삶의 의미는 그것의 존재와 행동들 그리고 그 행동의 결과들로써 정의된다. 초파리가 짝짓기를 하면 유전정보가 전달되고, 그 다음 세대는 십중팔구 그 과정을 반복할 것이다. 만일 초파리가 자기 존재의 무의미함이나 짝짓기를 위해 모든 에너지를 소진하는 행동의 덧없음과 이유 따위에 대해 고민하느라 시간을 허비한다면 초파리는 아마 결코 짝짓기를 못할 것이고 멸종될 것이다.

우리의 인생도 역시 먼저 학습하고 나중에 뭔가를 할 수 있는 시간은 없다. 역사의 시간표에서 우리는 한 점이며, 순간이고, 그저 스쳐 지나가는 찰라에 불과하다. 그 순간은 금방 지나가버린다. 즐길 수 있을 때 한껏 즐겨라. 그 순간이 지나면 그러고 싶어도 그럴 수 없을 테니까.

하지만, 내 얘기가 여기저기 돌아다니면서 가능한 한 많이 짝짓기를 하라는 소리로 들리는가? 그건 인생을 사는 게 아니라 회피하는 것일 뿐이다. **인생은 엄청난 가능성이기에 할 수 있는 한 더 많은 것을 받아들이도록 노력해야 한다.**

– Zac Elston

📎 *우리가* 어린 아이의 눈으로 인생을 바라보는 방법을 배울 때 인생은 더 나아질 수 있다. 행복은 최신 전자제품이나 몫

돈이 들어있는 저금통장에서 나오는 것이 아니다. 그것은 핑크빛 일몰을 경이롭게 바라보는 것으로부터, 다섯 살짜리 아이와 함께 달을 향해 '우우~' 하고 늑대흉내를 내보는 것에서 온다. 아이가 산타가 다녀갔다고 믿도록 마루 바닥에 뿌린 밀가루 위에 일부러 발자국을 남기는 것에서 행복은 찾아온다. 행복은 우리가 나이 들면서 잊어버리게 된 작은 즐거움들이다. 그 작은 즐거움들을 기억하려고 노력할 때 더 이상 짜증나는 일들은 일어나지 않는 다. 우리가 시원한 맥주 대신 초콜릿 셰이크를 마시는 즐거움을 배울 때 행복은 다시 찾아온다. 현재 가진 것만으로도 행복하게 되는 방법을 배우면, 우리는 쓸데없는 것들을 더 많이 가지려고 더 많은 돈을 벌기 위해 가족과 자신을 내 팽개치는 어리석은 짓 을 멈추게 될 것이다. 행복은 우리 바로 앞에 있다. 내 얘기가 아 직 무슨 소린지 모르겠다면, 당장 아이의 손을 잡고 공원으로 가 보라.

– Judy Valdes

    하나의 종(種)으로서, 인간은 다른 생물에게 잡혀 먹 히지 않고 다른 생물들을 잡아먹을 수 있는 능력을 갖추기 위한 구체적인 목적으로 수백 만년에 걸쳐 진화해 온 두뇌를 지니고 있다.

최근의 조사에 따르면, 철학, 미술, 음악, 문학 등은 '약육강식' 의 법칙이 일시적으로 느슨해졌을 때 두뇌가 수행하는 기능들이

Life is a sweet and joyful thing for one
who has some one to love and a pure conscience.

−R.톨스토이 「두 기병」

라고 한다. 그렇다면 연주회에서 보내는 즐거운 밤이 단순히 우리가 자연의 여신에게 속아서 벌어지는 괴팍한 눈속임이라도 된단 말인가?

원시 동굴에서 생활하던 시대와는 달리 조직화된 사회에서는 약육강식의 법칙이 덜 중요하다. 그러나 다소 약화되었을지는 몰라도, 심지어 기업 내부 정책에서 조차도 그 법칙은 여전히 확실히 적용된다. 정치는 전쟁을 피하기 위해 만들어졌고, 인류가 늪에서 기어 나온 이후 지금까지 생존을 위해 치러온 전쟁은 오늘날까지도 계속되고 있다. 주가가 하늘 높은 줄 모르고 치솟는 잘나가는 기업의 이사회에서도 여지없이 전쟁은 계속되고 있다.

그래서 나는 우리가 현실이란 것이 도대체 뭐에 관한 것인지 눈꼽만큼이라도 알 수 있을지 궁금하다. 진화가 실제로 어떤 '목적'을 갖고 이루어지는 게 아닌 이상, 그 해답이 코앞에 있더라도 궁극적인 해답을 인식할 수 있을 정도로 우리의 생각이 충분히 확장될 것 같지도 않다. 배우들이 코미디나 드라마에서 약육강식의 법칙이 지배하는 상황을 재연하는 것을 보면서 즐거워하는 것도 약육강식의 법칙이라는기괴한 개념이 빚어낸 쓸데없는 부산물이다. 우리는 우리의 존재 이유나 역할이 무엇인지도 모른 채 사라져버릴지도 모른다.

하지만 나는 종교를 가진 사람이고, 그래서 나는 아무것도 존재하지 않는 것 보다 뭔가 존재하는 것이 낫다는 것을 우리에게 깨닫게 해줄 지고(至高)의 지성이 있다고 믿는다. 그가 우리에게 인생의 의미가 뭔지 알려준다 해도 우리는 손톱만큼도 이해할 수 없을 지도 모르지만. 모든 창조물의 궁극적 의미가 뭐냐고 물었을 때 '서른여덟'이라고 대답한 사람이 우디 앨런이었던가? 재밌기도 하고 또 그 만큼 심오한 대답일 수도 있다.

성공회 교인으로서 나는 실재(實在)를 통해 조화를 이룬다고 주장하는 선종(禪宗)의 불자들을 옹호하는 편이다. 그 실재는 느껴지고 숭배되지만 결코 이해될 수 없는 것이다. 어떤 물리학자는 인간 두뇌의 뉴런 수가 세상에 존재하는 사실들만큼 많을 수 없다고 말한다. 그 자체가 본질적으로 한계 요인이 될 수 있다. 창발성, 카오스, 그 외에 최근에 나온 다른 개념들까지 들추게 되면 우주를 이해할 수 있는 모델을 만들어내는 일은 점점 더 멀어질 것이다.

우리는 단 일주일 후의 한랭 전선 모형조차도 만들지 못한다. 이런 마당에, 어려운 공식으로 칠판을 가득 채우며 외계가 존재하지 않는다는 것을 입증하려고 애쓰는 현대 물리학자들의 얘기가 선문답처럼 들리는 건 당연하다.

우리는 제각기 개인적인 이유로 철학을 공부한다. 어떤 이에게는 철학이 순전히 재밌거리다. 그들에게 철학은 무한한 퍼즐맞추기 놀이나 다름없다. 학자는 철학을 논쟁을 벌일 기회로 여긴다. 다른 이들에게 철학은 사물을 이해하는 실마리이고, 더 나아가 우리 자신의 고통을 덜 수 있는 기회를 제공한다. 또 어떤 이에게 는 대학원 입학에 필요한 필수학점일 뿐이다.

생명윤리학자들은 철학이 뇌의 쾌락을 담당하는 부분을 자극 해서 기분을 좋게 만드는 항우울제 성분과 유사한 작용을 한다고 주장한다. 하지만 그런 주장이 사람들이 앞다투어 철학에 푹 빠 지게 할 만큼 매력적인 건 아니다.

실험용 쥐를 두 개의 레버가 달린 장치 속에 넣는 실험에 대해 들어본 적이 있다. 어떤 레버를 누르면 먹이가 나오고, 다른 레버 를 누르면 기분이 좋아진다. 모든 쥐들은 끊임없이 즐거움을 주 는 레버를 누르다가 결국은 굶어 죽는다.

만약 이런 치료법을 모든 것을 체념하고 절망한 사람이나 불치 의 병이 걸린 환자에게 적용하면 어떻게 될까? 우리는 더 이상 죽음이나 배고픔에 대한 두려움을 갖지 않게 될까? 아마도 우리 는 더 이상 일을 하지 않게 될 것이다. 삶이 지속되든 말든 우리 에게 아무런 상관 없다면 뭐 하러 죽기살기로 뛰어다니겠는가? 만약 모든 인간이 인생은 고통의 연속이며 부정적인 경험일 뿐이 라고, 굶어 죽지 않으려고 고되게 헛고생만 하다 결국은 죽게 된 다는 결론을 내린다면 어떻게 될까?

우리는 아마도 인간이라는 종이 유지되든 말든 신경쓰지 않게 될 것이다. 즐거움을 주는 레버를 계속해서 누르고 있으면 우리 는 평화로운 종말을 맞보게 된다. 그렇게 되면 아무것도 없는 것보다 무언가가 존재하는 이유를 알려고 아등바등 애쓸 필요도 없다. 우리는 더 이상 해답이 필요하지 않게 될 것이니까.

나는 내가 전문가들에게 들었던 이 모든 견해에 대해 한 치도 이해할 수 없음을 인정함으로써 그들의 주장을 받아들일 수 밖에 없다. 어쩌면 그 전문가들도 나 만큼이나 이해하지 못하고 있는 건 아닐까?

- Bernard Cullen

인생은 완벽한 문장을 만들어내는 집합적 의식의 흐름이며, 그 문장의 끝에는 항상 느낌표가 달려 있다.

- Ray Hom

대부분의 사람들에게 신앙, 가족, 직업 그리고 개인적 활동은 '인생의 의미'를 만들어내는 힘이 될 수 있고, 나의 경우에도 확실히 그렇다. 그러나 또한 나는 눈으로 볼 수 있는 것보다 훨씬 더 많은 인생의 의미가 있다고 믿는다. 거부할 수 없는 신의 의지를 뛰어 넘어서 우리가 이루어 내는 것이 인생이라고 믿는다. 그 말은 우리가 우리의 삶을 완전히 제어할 수 있고, 이성의 영역 내에서 바라는 모든 것을 이룰 수 있다는 뜻이다.

나는 각각의 개인들이 자신이 만들어낸 운명에 대해 책임을 지고, 그들 자신의 느낌이 삶의 진짜 의미라는 것을 깨달아야 한다고 믿는다. 인생의 의미는 사람마다 다르고 각자의 견해와 지각도 다양한 만큼, 인생의 의미는 일종의 정신적인 지문(指紋)이라고 생각해도 좋을 것이다. 긴장을 푸는 것만으로도 인생은 더 쉬워질 수 있다. 얽매인 마음을 자유롭게 하는 것은 인생을 쉽게 만든다. 어렵지만 그렇다고 완전히 불가능 한 일도 아니다. 돈이나 일과 같은 일상의 스트레스를 한 켠으로 밀어내려 시도함으로써 삶은 훨씬 수월해지고 더 행복한 삶을 향해 나아갈 수 있다.

그런 일이 말처럼 쉬운 게 아니란 건 인정한다. 당연히 말로 얘기하기 보단 실행에 옮기는 건 어려운 일이다. 스트레스 가득한 일로부터 내 마음을 벗어나게 하기 위해 취미활동을 즐기는 다소 낡은 방법으로 나는 위안을 얻는다. 결국, 스트레스가 줄어들면 인생은 더 수월해지는 것 아닌가?

- Jay Adkins

인생의 목적은 지속적인 진보를 향한 욕구다. 이 세상에서 우리의 유일한 의무는 A라는 상태에 있었을 때 보다 B라는 상태에서 더 나은 인간이 되는 것이다. 어떤 이는 몸과 마음 혹은 정신의 향상을 강조하지만, 더 나은 인생을 향한 욕구는 보편적인 것이다. 진보를 향한 욕구는 우리를 단단히 지탱해주는 고리이다. 그런 의지가 사라졌을 때 우리는 탐욕, 절망, 빈곤과 같은 인간의 어두운 면을 보게 될 것이다.

- Matt Wakefield

더 나은 인생을 이끌기 위해서는 '더 높은 수준의 목적'을 가질 필요가 있다고 생각하는 사람들이 많다는 사실이 나는 걱정스럽다. 대부분의 사람들은 천국에 들어가기 위해, 열반에 이르기 위해, 혹은 또 다른 자신의 이유를 위해 좋은 삶을 살고 있다. 나는 우리가 지구를 떠나야 마땅한 사람이 되려고 지구에 존재한다고 생각하지 않는다. 사실, 나는 우리가 어떤 정해진 이유 때문에 지구상에 존재한다는 생각을 거부한다. 우리가 존재하는 이유는 태양계의 창조와 지구상에 생명체를 탄생시키기까지 기나긴 과정을 통해 이루어진 사건들 때문이다. 막말로, 우린 억세게 운이 좋다.

그러나 그런 사실이 우리 지구인들에게 아무런 목적이 없음을 의미하지는 않는다. 내 인생에 아무 목적도 없다고 느꼈다면 나는 이 글을 쓰기 훨씬 전에 자살해버렸을 것이다. 나는 인생의 의미는 당신이 정말로 원하고 그렇게 되기를 바라는 모든 것이라고 느낀다. 내게 인생의 의미는 나의 인생을 즐기는 것이고, 다른 사람들이 그들의 인생을 즐길 수 있도록 돕고, 미래 세대들이 우리보다 더 많이 그들의 인생을 즐길 수 있도록 만드는 것이다. 그게 너무 주제넘은 꿈이라면, 적어도 훼방이나 놓지 않았으면 좋겠다.

누구도 우리를 지켜봐주지 않는다. 그래서 우리는 스스로 우리의 삶을 관리해야 한다. 우리는 모두 삶의 의미가 무엇인지 고민해야 하며, 우리에게 신의 계시처럼 주어진 확실한 '목적'이 없다고 절망해서는 안된다. 우리는 자신의 목적을 만들고, 실현해야 한다. 왜냐하면 인류란 존재도 어찌 보면 꽤나 보잘것없고 영원하지도 않기 때문이다. 우리가 할 수 있는 동안만이라도 최선을 다해보자!

- Matt Flyntz

　　인생에는 수단도 있고 목적도 있다. 인생의 목적은 우리가 경험하는 최고의 순간들이며, 그런 순간을 온전히 즐기기 위해 우리는 수단을 배우고 사용해야 한다. 학교에 가고, 직업을 구해서 열심히 일하고, 집을 장만하고 …… 이 모든 노력을 하는 이유는 우리에게 그 멋진 순간들이 다가왔을 때 육체적으로나 정신적으로 편안하게 그 순간을 만끽하기 위함이다.

- Anonymous

　　설탕은 왜 달콤할까? 달콤하다는 것의 의미는 뭘까? 모든 사소한 질문들은 꼭 "왜?"라는 질문으로 이어진다. 인생의 의미는 해답을 찾아내야 할 질문이 아니라 스스로 경험해서 알아가는 하나의 여정이다. 어떻게 하면 더 나은 인생을 만들 수 있을까 묻는다면 인생은 사랑이라고 말하겠다. 종족번식이란 원초적인 단계로부터 감정이 싹트고 친밀함을 느끼기까지 모든 삶은 만나고 헤어짐을 통해 이루어진다. 단순한 감정이 아닌 본질적인 유대는 헤어짐과 재회가 전제되지 않고는 불가능하다.

모든 종교와 철학은 바로 이런 견해를 지향한다. 예수가 한 쪽 뺨을 때리면 다른 쪽 뺨도 대라고 하는 것이나 시바(Shiva)와 데비(Devi)의 영원한 춤도 이런 맥락에서 이해할 수 있다. 오직 위대한 사랑으로만 극복할 수 있는 고통이 있다. 물론 사랑은 매우 다양한 모습으로 나타나기 때문에, 사람들은 종종 잘못된 방법으로 사랑을 표현하려고 한다. 사랑하는 일에 더욱 익숙해져야 더 나은 인생을 만들 수 있다. 다시 한번 강조하면, 인생은 경험하는 것이지 해답을 찾아야 하는 질문이 아니다.

– Mario Bartoletti

'인생의 의미는 무엇인가?' 라는 수수께끼가 문제의 해답입니다. 간단히 설명하기는 어렵지만 내가 할 수 있는 방법으로 설명해 보겠습니다. 많은 이들은 바로 그 질문 자체에서 해답을 찾기 보다는 그들이 찾은 해답의 목적, 이유, 타당성을 구하기 위해 더 먼 곳만을 바라봅니다. 그러나 인생은 여행이며, 그 여행이 요점이라는 사실을 받아들이기만 하면 인생이란 수수께끼의 해답은 쉽게 찾을 수 있을 것입니다. 과정 없이 결과가 존재할 수 있을까요? 분명한 것은 그 둘이 서로 다른 것이 아니라 하나라는 점입니다.

– Brian Lucero

   ◎ **아직** 일어나지도 않은 일을 걱정하느라 세월을 낭비하지 말아야 삶은 더 윤택해질 수 있다. 아직 일어나지도 않은 사건들에 기초해서 자신의 삶을 살아가려는 사람들이 너무나 많다. 인생을 온전히 즐기려면 하루하루를 충실하게 살아야 하고, 옳다고 느끼는 일을 실천해야 하며, 매사에 빠르게 행동하고, 그리고 그 결과를 겸허하게 받아들여야 한다.

                                                – Robin Ehrenberg

   ◎ **인생은** 무의미하다. 예술 또한 무의미하다. 그러나 내 인생을 예술적 노력으로 채우는 것만이 내 인생을 의미있게 만들어준다. 그 외에 인간관계, 직업, 영혼 혹은 심지어 사랑까지 그 어떤 것도 내게는 아무런 의미가 없다.

                                                – James B. Downey

   ◎ **전통적인** 유대인의 견해는 자유의지를 가진 인간들이 하나님을 섬기고 그의 창조에 감사하는 쪽을 스스로 선택하도록 하나님이 이 세상을 창조했다는 것이다. 아무리 그래도 인간의 상당한 노력도 필요하다는 것은 분명하다. 세상에 노력없이 저절로 이루어지는 일은 없는 법이다.

   인생의 의미는 신에게 뿐 아니라 우리에게도 적당한 방법으로 하나님과의 관계에 참여하는 것이다. 모든 개인과 국가에게는 그들만의 길이 따로 있기 때문이다.

일어나는 모든 일이 신의 섭리에 의한 것임을 이해하기만 해도 인생은 더 나아질 수 있다. 일어나는 모든 일들에는 이유가 있다. 우리는 그 이유를 이해할 수 없다. 왜냐하면 우리는 퍼즐의 아주 작은 조각만을 보기 때문이다. 그럼에도 불구하고, 자신의 최선을 다하고 몇 가지 기본적인 인간의 도리를 지키면서 살려고 노력하는 것은 우리에게 여전히 중요하다. 우리가 이 세상에서 한 일에 대해 신이 어떤 기준으로 심판할 것인지를 생각해보면, 우리가 지금 무엇을 해야 할지도 알 수 있을 것이다.

"라바(유대교의 성자)가 말씀하시길, 심판받을 인간에게 그들은 이렇게 묻는다.

1. 너는 정직하게 사업을 경영했는가?
2. 너는 성경을 공부하기 위해 따로 시간을 할애했는가?
3. 너는 아이를 갖기 위해 노력했는가?
4. 너는 세상의 구원을 믿고, 모든 것을 하나씩 하나씩 빠짐없이 추론하며, 현명하게 사유하였는가?"

(바빌론 탈무드 샤벳 31a 중에서) – Adam Sragovicz

⎈2001년 9월 11일 뉴욕의 세계무역센터에서 직접 그 일을 겪은 이후로 지난 몇 년간 저는 극심한 후유증에 시달렸습니다. 그것은 힘든 과정이었지만 이제는 그 고통도 거의 끝나가고 있고, 특히 텍사스주의 오스틴으로 이사를 한 이후로는 행복

합니다. 저는 과거의 나와 180도로 다른 사람이 되었습니다. 케리와 부시의 대통령선거를 생각해 보세요. 다양한 분야에 존재하는 엄청난 골칫거리들 때문에 양쪽 진영 모두 상당히 짜증나는 후보들이었습니다. 선거가 그렇게 혼탁했던 것도 다 그 때문이죠. 사람들은 자신에게 가장 스트레스를 주는 후보를 떨어뜨리길 원했어요. 이것이 문제의 본질적인 부분입니다. 왜냐하면 스트레스는 주관적이어서 사람들에게 인생의 의미가 제각기 다르다는 것을 보여주기 때문입니다. 전 종교적인 사람이 아니어서 절대자에게 무언가를 묻거나 듣고 싶지 않기 때문에, 내면에서 스스로 옳다고 여겨지는 것에 따라야 한다고 생각합니다. 그런 이유로 인생의 의미 역시 대단히 주관적일 수 밖에 없습니다. 그러나 각자의 인생의 의미에는 어떤 문화에서나 공통적으로 적용되는 기본적인 공통점이 있다고 생각합니다.

많이 웃으세요. 그러면 기분이 좋아지고 남까지 웃게 만들지요. 너무 일에만 매달리지 마세요. 자신이 잘 하고 있다는 생각이 들기도 하겠지만, 당신의 웃을 시간은 점점 더 줄어들 뿐이에요. 친절한 사람이 되세요. 누구도 자기에게 눈살을 찌푸리거나 고함치는 것을 좋아할 사람은 없어요. 어려운 사람을 도와주세요. 타인을 위해 봉사하고 보상을 기대하지 마세요. (저는 기분이 좋아지고 싶다거나 대가를 기대하고 남을 돕지는 않아요. 제가 왜 남을 돕는 일을 하냐면 …… 글쎄요, 이유는 저도 잘 모르겠어요. 그냥 하게 되네요.) **누구**

에게나 들려줄 수 있는 좋은 농담을 최소한 하나쯤은 알아두세요. 자신있게 만들 수 있는 요리를 하나쯤은 익혀두세요. 음식은 사람들을 모이게 하고 또 웃게 하지요. (누군가와 함께 요리를 해보세요. 그쪽이 훨씬 더 재미있을 거예요. 그리고 집에 모여서 함께 식사를 하세요. 그것이 훨씬 좋을 거예요.) 걱정하지 마세요. 결국 다 잘 될 테니까요. 큰 문제가 있다면 잘게 쪼개서 작게 만들어 버리세요. 그 편이 더 쉬워요. 후회할 일을 남기지 마세요. 혹시 지금 누군가를 사랑하고 있다면 사랑한다고 말해요.

가장 중요한 건 웃음입니다. 당신을 웃게 만드는 사람들과 함께 어울리세요. 유머감각은 스트레스를 날려버리죠. 어쩌면 유머가 인생의 의미인지도 모르겠군요.

– Heather L. Thompson

이 질문은 제가 일년 전쯤 물리학 교수님과 우주의 놀라운 크기에 대해 토론했던 일을 생각나게 하네요. 우주는 우리가 상상도 할 수 없을 정도로 넓기 때문에 우주 어딘가에 나와 똑같은 복제인간이 존재하고 지금 내가 하고 있는 행동을 똑같이 따라하고 있다고 해도 별로 놀라운 일이 아니라는 내용이었습니다. 만일 그게 사실이라면 어떻게 인생의 의미가 있다고 할 수 있을까요? 나와 완벽하게 똑같은 복제인간이 제멋대로 존재할 수 있다면, 우리는 동일한 인생의 의미를 갖게 되는 걸까요? 이런 질문에 대답하려고 노력하는 것은 사회를 혼란하게 만들 뿐입니다. '하나의 핀 위에 얼마나 많은 천사들이 올라설 수 있을까?' 와 같은 거대한 철학적 논쟁에 끼어들기 보다는, 우리 모두에게 이익이 될 수 있도록 현실적인 해답이 있는 질문들을 해결하려 노력해야 한다고 저는 생각합니다. 인생의 의미가 뭔지 해답도 없는 질문에 매달리는 건 남자 가슴에 있는 젖꼭지 만큼이나 쓸모없는 일이에요. 물론 없는 것 보단 있는 게 덜 이상해 보이긴 하겠지만, 그렇다고 실제로 아무런 역할도 하는 게 없으니까요. 현실에 초점을 맞추세요. 그러면 놀라운 일들이 일어납니다.

– Christopher James Iversen

      천국에선 시간의 흐름이 없고, 행복을 무게로 잴 수 없다. 자동차를 야구선수의 타율로 따질 수 없듯, 구름에 일관성을 기대할 수 없듯, 인생에는 의미가 없다. 의미라는 말은 '인생'과 어울리는 단어가 아니다.

의미에 대한 갈망은 물에 대한 갈망과 같다. 그것은 인간의 본질적인 욕구다. 동물들이 더 좋은 먹이와 짝짓기가 가능한 환경을 찾으려는 생리적 정신적 본능은 더 진보한 인간의 두뇌가 의미에 대해 갈망하는 것과 별로 다르지 않다.

아직까지 그 누구도 인생의 의미를 찾았다는 사람이 없다는 게 그 증거 아니겠는가. 인생의 의미는 단지 사랑이나 자녀들 혹은

성공에 의해 적절히 충족될 뿐이고, 그것이 갈구의 결과이자 목
적 달성으로 받아들여진다.

그래서 요약해보면 만약 인생의 의미를 밝혀내려는 욕망에 끊
임없이 집착한다면 당신이라는 존재에 뭔가 결핍되어 있음을 스
스로 인정하는 꼴이 된다. 이 주제에 대한 책 읽기를 그만둬라.
그건 당신이 외로울 때 연애소설을 읽는 것과 마찬가지다. 자리
를 박차고 나가 새로운 경험들에 당신을 던져라. 당신은 자신의
안전에 대한 욕구와 내면의 싸움을 하게 될 것이다.

– Peter Davison

내 나이 쉰다섯 살이 될 무렵 나는 몇 가지 교훈을 깨달
았다. 살아오는 동안 내게는 상당한 재물이 따라주었는데, 내가
열심히 일해서 모은 것도 있지만 어떤 것은 횡재라고 해야 좋은
것도 있었다. 아무튼 운이 좋았다. 나는 살아가면서 지키는 몇 가
지 규칙이 있다.

1) 나에게 해를 끼치지 않는 한 남에게 해를 주지 말라. 다만 나를
   해치려 하는 경우에는 신의 분노로 무섭게 자신을 보호하라!
2) 걱정은 언제나 아직 일어나지도 않은 일에 대한 것이다. 그러니
   쓸데없는 근심 따위는 버려라.
3) 어떤 것도 흑백으로 구분되는 것은 없다. 거의 대부분 회색이다.
4) 사람은 기본적으로 선하다. 세상을 떠날 때 진정한 친구를 다섯

명 이상 꼽을 수 있다면 당신은 매우 부유한 사람이다.

5) 바람이 부는 방향을 알기 위해 꼭 기상학자가 될 필요는 없다.

그 외에도 내게는 이런 지침들이 훨씬 더 많다. 어쩌면 모두 진부하게 들릴지도 모른다. 그러나 내게는 전혀 진부하지 않다. 이런 지침들이 나라는 존재를 지배하는 규칙들이다.

아직도 내게 살 날이 많이 남아있다는 것은 알지만 그래도 난 매 순간을 소중하게 여기며 나의 신에게 감사한다. 그런데 나의 신은 당신의 '신'과 아무 관계도 없고 비슷하지도 않다.

나는 내 글에 신이라는 단어가 많이 등장한다는 것을 안다. 나는 18년간이나 사회사업 분야에서 일했다. 내가 만났던 사람들 중에서 삶에 영적인 부분을 지니고 있는 사람들은 거의 대부분 약간의 정신적 문제가 있다는 진단을 받았을 때 더 잘 살아갔다. (그러나 어떤 경우는 그들이 선택한 종교 자체가 문제의 원인인 적도 있다.)

인생의 의미? 걱정하지 말고 행복해지세요. 바보 같은 소리로 들리죠? 하지만 난 바비 맥퍼린의 그 노래를 들을 때마다 미소를 짓는답니다.
- J. Walker

📎 *이 책의* 독자들에게 묻고 싶습니다. 인생에 반드시 의미가 있어야 하나요? 우리가 이 질문을 하는 유일한 이유는 인간이 자의식을 지닌 존재로 진화해왔기 때문이고, 인간이 그런 질문을 할 수 있는 능력을 가졌다는 사실이 그 질문에 '해답'이

존재한다는 것을 의미하지는 않음을 깨닫기 바랍니다. 그리고, 제 생각에 정답은 없는 것 같습니다. 결국 다른 사람들이 인생의 의미가 뭐네, 혹은 인생의 의미가 있네 없네 말하는 것도 우리와 는 아무런 상관이 없다고 생각합니다. 더 중요한 것은 당신의 인 생에 의미를 부여하는 것은 바로 당신 자신이라는 사실입니다.

– Michael Hindes

   나는 우리가 사회에 유용한 존재로 여겨지도록 목표와 야망을 가지라고 교육받아왔다고 생각한다. 내가 남들보다 소질 이 있다고 믿는 딱 한가지, 시(詩)가 21세기에는 현실적으로 별 볼일 없는 것임을 깨달았을 때 나의 낙담이 얼마나 컸을지 상상 해보라. 신년카드나 광고문구 따위를 끄적거리는 일 말고는 이런 재능을 어디다 써먹을 수 있겠는가? 물론 시라는 것은 인생의 의 미와 같은 주제를 철학적으로 보이게 만들어줄 수 있는 훌륭한 형식이다. 하지만 현실적으로나 실용적인 면에서만 보면 시는 아 무 짝에도 쓸모가 없다.

나는 우리가 이 지구에 존재하는 이유는 모든 것에 대해 의문 을 제기하고, 모든 것을 관찰하고, 시각, 청각, 후각을 총동원해 세상을 빨아들이기 위해서라고 생각한다. 나는 이 모든 것을 종 이 위에 적어두는 것을 즐기게 되었다. 그것들이 쓸모 없어 보일 지라도 나는 맘에 드는 단어들을 고르고, 그 단어들을 최선의 방

217

법으로 배열하고, 편집하고, 고쳐 쓰고, 수없이 반복해서 시의 분위기를 바꿔보는 등 시에 몰두하고 있는 나 자신을 발견한다. 그런 점에서 글쓰기는 그 자체로 인생과 매우 비슷하다. 더 좋게 혹은 더 나쁘게 변화할 수 있다는 점, 좌절과 만족을 동시에 느끼게 할 수도 있다는 점에서 그렇다. 시와 인생은 둘 다 무한한 다양성을 지니고 있다. 당신이 어떤 어휘를 상상하든지 글로 적을 수 있다. 그리고 인생처럼 시는 점층법, 운율의 짧은 휴식, 그리고 리듬과 각운으로 이루어진다. 인생은 몇일, 몇달, 몇년으로 이루어지며, 평생동안 우리는 뭔가 특별한 일을 해내기 위해, 자신만의 모습을 만들어가며, 스스로 만족하기 위해 노력한다.

시에서의 반복은 대부분 비슷하다. 그러나 인생에서의 반복은 결코 같은 것이 없다. 나는 형제가 아홉이나 된다, 나는 우리 형제들이 가족의 화합을 유지하면서도 제각기 독특한 모습으로 커왔음을 깨달았다. 우리는 서로 다르다. 유전자를 나눴다고 해도 우리가 인생을 조금씩 다르게 접하고 있다는 사실은 바뀌지 않는다. 그것은 우리 가족끼리만 통하는 비밀이 있다는 것과 우리 가족의 휴일이 무지하게 혼란스럽다는 것을 의미한다. 나의 형제자매가 없었다면 내 인생은 전혀 달라졌을지도 모른다. 그러므로 우리 형제는 내 삶을 다른 이의 삶과는 다르게 만든 원인이 되는 것이다.

나는 인생의 의미란 인생이 끝나는 날까지 충분히 살고 경험해

서 다른 사람들의 삶과는 다른 삶을 만들어가는 데 있다고 생각
한다. 우리를 다른 사람들과 다르게 만들어주는 것들 중에는 가
족처럼 유전적으로 물려받은 것들도 있으며, 그런 건 마음대로
선택하거나 바꿀 수 없다. 그러나 자신의 어떤 재능이나 기술을
최고의 경지에 오를 때까지 갈고 닦으려는 욕망과 같이 어떤 것
들은 전적으로 우리에게 달려 있는 것도 있다. 내가 죽을 때쯤에
는 아주 독특한 삶을 살았을 것이고 그 누구의 삶과도 비슷하지
않을 것임을 나는 안다. 나는 좋아하지만 현실적으로 별로 쓸모
없는 재능이나 점점 더 대가족으로 변해가는 나의 가족과 같이,
내가 바꿀 수 없는 것들은 있는 그대로 받아들이고 그 위에 내 자
신의 희망과 꿈을 더한다.
　자 보라, 내게 꼭 맞게 만들어진 나의 삶의 의미와 목적을. 더
좋은 것은 평생 보증까지 해준다는 점이다.

– Rachel Maldonado

　　인생의 의미는 모든 형태의 아름다움을 이해하고 영
원하게 만드는 것이다. 아름다움에 대한 우리의 정의가 확장될
때 인생은 더 나아진다. 아름다움에 대한 다른 이의 해석에 더 높
은 가치를 부여할 때 사회는 진보하며, 그들의 행복을 발견하는
것은 본질적으로 아름다운 일이다.

– Conor Buechler

인생의 의미에 대한 절대 진리는 존재하지 않는다. 오직 각자의 개인적 진리와 현실만이 존재한다. 바로 그 때문에 이 질문에 대한 대답이 종교적일 수 없고 모든 사람들에게 똑같을 수도 없다.

우리는 모두 수많은 물리적 정신적 장애와 어려움에 직면하고 있다. 지구상에 존재하는 수많은 사람들에게 이런 장애는 가난에 찌든 삶이나 매일 생존을 위해 치뤄야 하는 처절한 싸움을 의미할 수도 있다. 사랑하는 사람을 잃는 일도 고군분투하는 우리네 현실의 한 부분이다.

나는 열 살 때 급성 암으로 엄마를 잃었다. 자식은 나 하나 뿐이었기 때문에 엄마가 죽은 후 아버지와 나는 굉장히 가까운 사이가 되었고, 때로는 가장 친한 친구이기도 했다. 철모르는 어린 나이였음에도, 나는 애정이 넘치고 세심하며 아낌없이 내 뒷바라지를 해주는 사람을 아버지로 둔 것이 크나큰 행운이라고 느꼈다. 그런데 내가 열여덟 살이 되던 해에 할아버지 할머니가 돌아가셨고, 바로 그 다음해에는 내가 집을 비운 사이에 아버지가 교통사고로 세상을 떠나셨다. 이렇게 연속적으로 일어난 재앙 같은 일은 내 인생을 통틀어 가장 어렵고 끔찍하고 고통스러운 경험일 것이다.

그 사고 직후에 내가 여섯 살이었을 때부터 우리 부모님과 허

물없이 친구로 지내던 여자 분으로부터 한가지 잊지 못할 교훈을 배웠다.

우리의 인생은 우리가 알고 지내는 사람들과의 관계다. 우리의 인생은 우리가 맺는 사람들과의 유대관계이고, 우리의 삶 속으로 들어온 사람들을 통해 우리 자신에 관해 알아가는 것이다. 가족, 친구, 심지어 지구 반대편에 살고 있는 사람들과의 인연이 우리에게 인생의 의미를 부여한다. 우리가 맺고 있는 모든 관계가 우리 자신에 대해 더 많은 것을 깨닫고 성장할 수 있는 기회를 제공한다. 우리는 성장하기 위해, 자신에 대해 더 많이 깨닫고, 가장 온화하고 심오한 방법으로 세상과 타인을 탐구하기 위해 이 곳에 존재하는 것이다.

스물네 살이 된 지금 이 글을 쓰면서 나는 아직도 배워야 할 것이 너무나 많으며, 앞으로도 기나긴 세월 동안 '인생의 의미' 에 대해 고민하게 될 것임을 절실히 느낀다. 내 인생의 의미가 바뀔지는 확신할 수 없다. 내가 새로운 사람을 만나고 배우는 장소는 때때로 달라질 수 있겠지만, 우리 자신을 위해 우리가 할 수 있는 최선의 것들과 우리 삶의 최고의 순간은 살을 부비며 함께 살아가는 사람들과의 관계와 그들과 함께 만들어갈 공동체를 통해 이루어질 것이라는 믿음에는 변함이 없을 것이다.

– Eva Silverman

📎 **내가** 이 질문을 2년 반 전에 받았다면 아마도 나는 대답할 수 없었을 것이다. 그러나 2002년 7월 12일부터 애기는 달라진다. 내게 있어 인생의 의미는 자식이다. 더 정확하게 말하자면 내 딸이다. 아이가 태어나기 전엔 내게 삶의 의미도 희망도 아무 것도 없었다. 딸이 태어나면서 모든 것이 바뀌었다. 너무 진부하게 들릴지도 모르겠지만 내 인생의 의미는 내 딸이 행복하고 풍요로운 인생을 살아가도록 만드는 것이다.

– Christopher Reed

📎 **세상은** 무작위적이고, 현자(賢者)는 부정성의 해악을 피한다.

–Jim Hodgson

📎 **진실로부터** 도망치는 내내 대중은 정직을 요구한다. 우리는 유약함에 정면으로 맞서고 우리 모두가 기능장애적인 존재라는 점을 깨달아야 할 필요가 있으며, 무엇보다도 자신에게 진실되고 주변 사람들에게 참된 동정을 베풀어야 할 필요가 있다. TV영화에 나오는 테레사 수녀의 일화 같은 것이 아니라, 주변 사람들이 기억할 뿐만 아니라 본보기로써 다른 사람들에게 전하기도 하는 전염성의 동정 같은 것이다.

–Hilton F. Jones

📎 **교전지대를** 빠져나오며: 콜롬비아에서 보내온 급보

FARC(콜롬비아 무장혁명군)와 정부군 간에 밤새 펼쳐진 잔인한 공방전의 틈바구니를 뚫고 마침내 여명이 찾아왔다. 아트라투강(R?o Atrato)의 한 줄기를 따라 이어지는 작은 강가공동체 마을인 안달루시아(Andaluc?a)에 있는 우리는 서둘러 아침의식을 끝마쳤다. 몸은 아직도 잠을 청하고 있지만, 정신은 바짝 깨어 있고, 청각은 밀림의 소리에서 인간이 만들어낸 혼란을 걸러내고 있다. 수 주간의 야간전투가 수개월간의 무장상태에 더해지고, 다시 수년간의 위협, 추방, 강제징병, 그리고 잇따른 인명피해로 이어지는 이곳은 교전지대이다. 그러나 이 자그마한 땅덩어리를, 사탕수수로 둘러쌓인 언덕의 꼭대기에 자리 잡은 이 개척공동체 마을을 교전 중인 두 군대 사이의 공간으로만 생각해서는 안 된다. 이 땅에는 기억의 영혼이 살고 있다. 첫 말씀이 이곳에서 나왔다. 나무들은 한때 고요했던 시절에 밤 사이 세심하게 만들어진 꿈으로 가는 지도를 갖고 있다. 벽에는 웃음과 첫사랑의 소리가 기록된다.

오늘 아침 우리는 저항의 노동으로 분주한 말없는 개미처럼 움직인다. 철이 든 계집아이들은 걸음마를 시작한 어린아이들을 한데 모으고 어린 사내아이들을 모아 타이른다. 여자들은 모닥불가에 모여 마지막 먹을 거리를 준비하고, 살아남은 소수의 남자들은 강 아래쪽의 보트를 손질한다. 시찰을 위해 보고타와 미국에서 온 인권운동가들과 학자들은 시간의 의미를 분석하고, 우리의 여정과 함께 할 수 없는 것들의 역사를 목록으로 정리한다. 우리는 함께 민간인, 비(非)전투원, 혹은 민간피해라는 전쟁의 보편적인 분류로의 편입에 도전한다.

강의 상하류에 사는 다른 많은 마을 사람들처럼 안달루시아의 여자들과 남자들 그리고 아이들은 집단적으로 폭력의 사도(使徒)가 이끄는 강제적인 전향에 저항한다. 이곳은 전쟁의 휘몰아치는 혼란의 한가운데에서 비폭력적인 고귀한 삶을 지키기 위해 투쟁하고 버텨나가는 64개의 평화공동체 마을 중 하나이다.

우리는 가진 것이 거의 없기에 작은 집과 그 안에 살고 있던 영혼의 껍데기만을 남겨 놓은 채 모든 것을 가지고 떠난다. 군 헬리콥터가 머리 위에서 날아다니고, 커다란 프로펠러 날이 하늘을 가르는 소리는 우리를 잠시 멍하게 만든다. 우리는 평화공동체 반데라 마을의 근거지인, 긴 나뭇가지에서 잘라 낸 장대에 달린 하얀 깃발이 있는 곳으로 모였다. 그 깃발은 전쟁이 바꿔 놓은 일상의 헤아릴 수 없는 모든 변화의 상징이다. 사라진 이들의 미망인과 어머니들은 하데스의 지식의 복도를 빠져나와 강철로 두른 진실이라는 박사학위를 취득했다. 아이들은 굵은 밧줄로 웃음을 참아내는 법을 배우고, 보이지 않는 공포의 글귀를 읽어내는 버릇을 들여갔다. 모두 다 꺼림칙한 영광의 흔적이다.

40년 전, 평화는 이 땅에서 쫓겨났다. 이후, 콜롬비아 사람들에게 남겨진 것은 생사를 좌우하는 권력을 맛본 양심을 도려낸 남녀 군인들의 시체이다. 그들 나름의 정의는 탐욕에 부추겨진 국가와 이데올로기의 인가를 받았다. 북남미인, 유럽인, 이스라엘인, 일본인은 모두 평화를 유괴하는 소임을 안고 있다. 그러나 국가의 변방에 위치하고, 지도 제작자의 시야에서 벗어난 이곳에서 우리는 비폭력의 세계를 꿈꿔나간다. 우리의 미래와 우리 아이들의 미래에 대한 희망, 그리고 사랑과 인간애의 아름다움에 대한 믿음은 우리를 전복적(顚覆的)으로 만들어 놓는다. 우리의 의지는 신념의 토대가 되어왔다. 우리의 신념은 삶의 의미를 수호하는 부적처럼 해어졌다. 그런 과정 속에 우리 공동의 진리가 스며나온다. 서로에게서 힘을 느낄 수 있기에 우리는 버텨나간다. 세상에서 우리가 속한 곳은 바로 여기뿐이다.

우리는 강으로의 남하를 시작한다. 우리의 등에 미래를 짊어졌다. 우리의 눈은 입보다 용감하다. 두 눈은 미지의 세계 앞으로 우리를 던져놓는다. 안달루시아의 부드러운 흙을 밟는 마지막 순간이 될 것이기에, 우리의 두 발은 억지를 쓰고 버틴다. 우리는 현재로써는 안전한 평화공동체 마을인 코스타데오로(Costa de Oro)를 향해 강 아래로 내려가고 있다. 우리의 영혼은 참을 수 없는 흐느낌으로 들먹인다. 고향에 대한 우리의 기억은 마치 출산의 순간처럼 육신으로부터 떨어져나간다. 우리는 말이 없다. 나뭇잎들은 우리가 노를 저어 강 아래로 내려가는 모습을 바라보며 작별인사를 속삭인다. 바람은 물 위에서 춤을 추며 물과 함께 우리의 비밀을 안고 간다.

-Asale Angel-Ajani

@… 인생의 의미를 기술하려고 할 때, 우연히도 대부분의 사람들은 결국 "영혼을 위한 닭고기 수프(Chicken Soup for the Soul)" 식의 일화를 통해 인생 그 자체를 묘사한다. 이러한 오류는 꽤 일반적이다. 왜냐하면 사람들은 항상 예시를 통해서 의미를 찾기 때문이다. 이는 결과적으로 이러한 종류의 질문이 허용하는 범위를 넘어 현상을 훨씬 더 구체화한다. 여기에 있는 나는 천재도 아니고, 이러한 질문에는 결코 답이 달릴 수 없다고 생각하는 허무주의자 같은 사람도 아니다. 그러나, 적어도 지금은, 인생의 의미는 의미의 결여라고 생각한다. 자신이 알지 못한다는 것을 아는 것은 다름 아닌 당나귀의 엉덩이에 달린 폴리에스테르 꼬리보다 우리의 삶에 훨씬 더 많은 의미를 부여한다. 그러므로 종교, 또는 딸아이의 첫 옹알이가 인생의 참된 의미를 어떻게 보여주었는지 하는 예쁜 이야기가 받아들이기에 아름답게 느껴진다면 좋은 일이다. 그러나 나에게는 모호함과 숙고가 그에 해당될 것이다. 그것이 바로 내 인생에 의미를 부여하는 것이다.

-Ross Res

물론, 모든 사람들이 최후의 미개척지를 찾고 있다. 정복하여 제 것으로 만들 대상이다. 모든 이가 록 스타나 예술가가 되고 싶어한다. 모두가 자신의 유산을 남기고 싶어한다.

그리고 모든 이가 잘못된 장소에서 이것들을 찾고 있다. 완전히 잘못된 곳에서 찾고 있다. 안팎의 평화와 자기실현을 찾고 있다. 삶에 변화를 주고, 미세한 조정을 거듭하고, 아이 하나를 더 갖고, 더 큰 SUV를 사고, 승진을 하고, 얼토당토않은 박애주의자가 된다. 그러나 이것들이 만족감을 주지는 않을 것이다. 그들 중 어떤 것도 그렇지는 않을 것이다. 모두 총상을 입은 부위에 일회용 반창고를 붙인 격이다.

제대로 사는 유일한 방법은 마치 명작을 대하 듯 인생을 사는 것이다. 마치 웅장한 이야기처럼, 완벽한 예술작품처럼, 아름다운 노래처럼 사는 것이 여기에 우리가 존재하는 이유인 양하는 것이다. 자신의 명작을 창조하는 데 집중하면 모든 사소한 것은 떨어져나가고, 존재할 운명을 타고난 세계를 볼 수 있을 것이다. 임의로 처분할 수 있는 스튜디오 같은 세계이다.

값싼 수단으로 창조성을 구체화하려는 시도를 그만두어야 한다. 각자의 독창성은 종이와 악기로 옮겨지면 모두 똑같아진다. 주어야 하는 모든 것은 내면화하여 터질 듯이 안고 있다가 땀구멍으로 흘려내야 한다. 지상에 남겨진 어떤 천사처럼 밝게 빛날 때까지. 침묵과 자신의 아름다움을 발견하고, 주위의 모든 사람들에게 그것을 주고 싶다는 생각이 들 때까지. 자신의 존재의 세계를 빼앗는 것이 바로 신성모독의 뜻이라는 것을 내 안에서 절실히 알게 될 때까지.

-Estella Reuss

내게 있어 인생의 의미는 어머니와 아내와 딸을 똑같이 자랑스럽게 만드는 그런 남자가 되는 것이다. (아이들을 더 낳게 되면 그 애들 역시 마찬가지이다.)

-Jim Gaffigan

켄도와 마법의 국수

옛날에 켄도라는 이름의 소년이 있었다. 어느 한 여름날, 켄도는 인생의 목적을 찾아나서기로 결심했다. 켄도는 시골을 여행하며 여러 마을을 돌아다니면서 사람들에게 "인생의 목적이 뭐죠?"라고 물었다. 많은 사람들이 켄도를 무시하며 지나쳤고, 어떤 사람들은 비웃었으며, 모욕을 준 사람들도 있었다. 대부분의 사람들은 모른다고 말했다.

여름이 다 지나갈 때쯤, 켄도는 비 내리는 어느 날 큰 시장이 들어선 어느 한 도시에 도착했다. 나와 있는 사람들은 거의 없었고, 상인들도 일찍 가게를 닫고 있었다. 어느 비에 젖은 거리에서 켄도는 큰 우산 아래에서 국수를 마는 상인을 발견하고 그에게 몸을 의지하기 위해 달려갔다. 국수가게 아저씨가 "국수 한 그릇 말아줄까?"라고 물었다. 켄도는 "사실, 비를 피할 곳을 찾고 있어요."라고 대답했다.

"이런 비 오는 날에 뭐하고 있는 거니?" 다시 다정한 국수가게 아저씨가 물었다.

“아저씨한테도 같은걸 물어봐야겠어요!”

켄도가 잠시 숨을 돌렸다.

“인생의 목적을 찾고 있어요.”

“그거라면 국수 한 그릇이면 될 거다.”

아저씨가 말했다. 켄도가 아무런 대답도 하지 않자, 아저씨가 목소리를 높이며 말했다.

“아저씨가 그냥 주는 거야.”

켄도는 미소를 지었고, 소년의 허기짐을 본 아저씨는 수북이 담긴 그릇을 건넸다.

“잘 먹겠습니다.”라고 큰 소리로 인사하며 켄도는 국수를 먹기 시작하더니 이내 갑자기 멈칫거렸다.

“국수가 너무 차갑잖아.”라고 켄도가 중얼거렸다.

“혹시 국수를 조금 데워줄 수 있으신가요?”

“물론이고말고.”

아저씨는 새로 김이 나는 따뜻한 국수가 수북이 담긴 그릇을 건넸다.

“다시 고맙습니다!”라고 대답한 켄도는 늘어선 양념통과 기름통을 보고 아저씨한테 물었다.

“저기, 카레가루랑 참기름 좀 넣어도 될까요?”

“그럼.”

아저씨가 자상하게 대답했다. 켄도는 직접 양념과 기름을 넣고서 맛있는 국수를 한 입 삼키더니 다시 멈칫거렸다.

"인생의 목적이 뭘까요?" 켄도가 물었다.

"아직 모르겠니?" 아저씨가 말을 이었다.

"국수가 하나의 비유란다. 지금 네가 맛있는 국수를 먹기까지의 과정과 결과, 그게 인생의 목적이지."

-Jamie Perkins

◎ 삶은 존재의 순환주기에서 절반이다. 죽음은 나머지 절반이다. 이 순환주기는 몇 번이고 되풀이되고, 어떤 존재가 때가 되었다는 것을 아는 순간에만 정지한다. 각각의 삶은 새로이 시작되며 지난 삶의 경험을 갖고 오지만, 전부를 의식으로 갖고 올 수는 없다. 일생을 통틀어 짧은 기억의 순간들이 있지만, 극소수의 존재들만이 그 모두를 기억한다. 죽음 속에서 우리는 지난 삶의 교훈과 아직도 배울 필요가 있는 것들을 살펴본다. 선택을 할 수 있는 시기에, 우리는 삶으로 다시 들어가 보다 완벽한 존재가 될 수 있는지 알아본다. 운명에 맡겨진 시기에, 우리는 죽음으로 돌아간다. 이 순환은 우리가 완벽에 이르렀다는 것을 알 때까지 계속된다.

-Diane S. Preciado

◎ 어떤 사람들은 인생을 너무 진지하게 받아들인다. 우리는 해야 하는 일과 하지 말아야 하는 일에 지나친 신경을 쓴 나

머지 하고 싶어하는 일을 절반도 하지 못하게 된다. 그런 사실을 깨닫기도 전에 인생은 아무런 경고 없이 흘러가버리고, 우리는 당황하기 시작한다. 도대체 우리는 어떻게 일생의 행복의 가치를 우리에게 남겨진 인생과 조화시켜 갈 것인가? 지금 바로 삶을 시작하라. 인생은 참으로 짧다. 아홉 살까지 살든 아흔 살까지 살든 결코 충분하지 않다. 그러니 할 수 있을 때 즐거움을 누려라.

-Tabitha Kelly

   인생의 의미는 이해하기에 매우 간단하지만, 대부분이 사람들이 바라는 것처럼 자신에게 명쾌함과 목적의식을 가져다 주는 웅장한 생각은 아니다. 그런 웅장한 생각은 인생의 '의미'가 될 수 없으며, '그 모든 것의 목적은 무엇인가?' 와 같이 보다 일반적이고 관련 있는 문제의 답이 될 것이다. 그 문제는 내가 손을 대지 않겠다.

그러나 인생의 의미가 뭐냐고 묻는 것은, '산다는 것은 무엇을 말하는가?' 와 비슷한 질문을 던지는 것이다. 사람에 따라서 대부분의 답변들이 조금씩 다르긴 하겠지만 누구나 쉽게 대답할 수 있는 질문이다.

내게 있어서 산다는 것의 의미는 순서대로 다음과 같다. 사랑, 가족, 친구, 즐거움, 건강, 창의성, 성취, 안정, 목적, 다양성, 도전, 흥분이다. 내 생각과 경험에 비춰 볼 때 이런 것들이 살아갈 만한

231

가치가 있는 의미 있는 삶을 구성한다.

보편적인 표본이 있을까? 보다 일반적인 주제하에서만 가능한 일일 것이다. 어떤 사람들은 산을 오르거나 대통령이 된다는 등의 구체적인 목표를 나열할 것이다. 보다 커다란 감정적인 경험에서 우러나오는 순간들이다.

우리 각자의 인생의 의미는 매일 변화한다. 20파운드의 살을 빼려던 여자는 몸에 이상이 있다는 것을 알게 되고 이내 체중을 늘리려고 할 것이다. 휴가를 간절히 바라던 남자는 일자리를 잃게 된다. 마라톤 경주를 하고 싶어하던 여자는 그리 하지만, 정말 선수가 된다는 것이 어떤 것인지 느끼기 위하여 삼종경기를 시작해야겠다고 생각하게 될 뿐이다. 우리는 자신만의 장벽을 설정하고 자신만의 도전에 맞선다. 은행에 넣어둔 생각지 못했던 50달러에 백만장자라도 된 듯한 기분인 날이 있고, 현금자동 입출금기에서 떼가는 1달러 50센트의 수수료에 중압감을 느끼는 날도있다.

인생의 의미는 쉽다. 당신의 삶에 의미를 부여하는 대상이다. 살아 있는 동안에 하는 일이다. 의식하고 경계하며 그리고 여타 방식으로 시간을 소비하는 방식이다. 일상의 경험은 끝없이 이어지는 문장 속의 단어와 같다. 제한된 문맥만을 이해할 수 있을 뿐이고, 결코 작품 전체의 형체는 볼 수 없을 것이다.

끝나지 않은 이야기의 궁극적인 의미를 어떻게 알 수 있겠는가? 인생의 의미는 살아가는 것이고, 그리고 나서 사후에 철저한 분석을 수행하는 것이다.
-Autumn Nazarian

     ◈ **받은** 것보다 더 많이 줘라. 처음보다 나은 상황을 만들기 위해 최선을 다하라. 모든 형태의 아름다움을 추구하라. 꿈을 좇아라. 해질 녘을 바라봐라. 뇌의 10% 이상을 사용하려고 노력하라. 마음 속 깊은 곳에서 우러나오는 정화의 웃음을 억누르지 말아라. 우주의 광대함을 깊이 생각해 보는 시간을 갖고, 결코 그 중심이 될 수 없음을 인정하라. 숨을 깊이 쉬어라. 캄캄한 물 속으로 헤엄쳐라. 좀 더 사랑하라. 어리석음을 즐겨라.

용서하라. 용서하라. 용서하라.
-Katy Rhodes

     ◈ **자신의** 정체성에 대한 이해의 범위 내에서 활동하는 것은 인생의 진실된 척도이자 살아가는 방식이다. 자신에게 정직할 수 있다면 인생을 즐기는 것 이외에 남은 것은 아무것도 없다. 부끄럼 없이 거울 속 자신의 눈을 바라볼 수 있다면 세상은 당신이 잡기만 하면 가질 수 있다. 나는 아직도 얼굴을 붉히지만 날마다 조금씩 나아지고 있다.
-Randolph Potter

  우리는 누구나 성장하고, 학교에 다니고, 목표에 도달하고, 대학에서 살아남고, 직장을 확보할 수 있다. 그러나 인생의 의미는 그런 교육이나 일에서 얻는 금전적인 가치가 아니라 다른 인류를 위해 당신이 남겨놓는 것을 말한다. 자살하려는 사람을 구하는 것이지, 자동차 보험료를 절약하는 것이 아니다. 가난한 사람들에게 생필품의 공급을 도와주는 것이지, 과도한 욕망에 탐닉하는 것이 아니다. 업무와 재능으로 다른 사람들에게 동기를 부여하는 것이지, 자신의 배만 불리면서 다른 사람들이 꿈과 열망을 접도록 하는 것이 아니다. 까르뻬 디엠(carpe diem)이라는 말처럼 지금 이 순간을 놓치지 않고, 모든 것을 그만한 가치가 있도록 만드는 것이다.

인생을 식물에 비유하자면 민들레와도 같다. 시간이 지나면 바람이 새로운 생명의 씨를 공중으로 날려보내고, 그 씨는 자유롭게 다른 생명체로 날아다니며 언제라도 생명의 에너지와 힘을 주입할 준비가 되어 있다. 이 씨들은 새로이 씨를 낳는 개체로 성장하고, 다시 시간이 흐르면 그 뻗은 손을 세상으로 펼쳐 모두가 볼 수 있는 사랑과 희망의 거부할 수 없는 불가분의 고리를 만들어 낸다. 이것이 우리 모두가 서로 공유하고 있는 고리이다. 어떤 형태의 증오, 편견, 분리도 결코 이 찬란하고 아름다운 끈끈한 유대를 깨뜨릴 수 없다. 이 삶은 새로운 미래의 생명력에 대한 수많은 사소한 트집과 걱정으로 이루어진 불가사의하면서도 그보다 훨씬 위대한 모험의 일부일 뿐이다. 우리는 새로운 세계의 창조자이다. 우리는 주어진 상황에서 최선을 다할 것이다.

-Eric Trabucco

📎 **할아버지는** 제게 인생의 의미란 자신의 일을 찾고 그 일에 충실하는 거라고 하셨어요. 부처가 그런 비슷한 말을 했지만, 그렇다고 해서 우리 할아버지가 부처는 아니에요. 봄방학에 할아버지랑 같이 지냈을 때 한번은 제가 이렇게 물었어요. "할아버지, 사람의 가치는 어떻게 재나요?"

"사람의 가치란 그가 보인 노력에 대해서 네가 지불해야 하는 대가(代價)란다"라고 할아버지께서 말씀하셨어요.

그에 대한 화답으로 저는 두 페이지짜리 시를 써서 (당시에 저는 꿈 많은 시인이었지요) 할아버지 책상 위에 올려놓았어요. 다음날 저녁 할아버지가 제가 쓴 시를 손에 들고 오시더니 "음, 코라야, 가치라는 것이 내가 표현했던 것보다는 더 복잡한 말인 것 같구나"라고 말씀하셨어요.

우리 할아버지는 복잡한 걸 싫어해요. 할아버지는 제2차 세계대전 때 멤피스 벨 폭격기의 조종사이셨는데, 할아버지의 아빠는 '왜'라는 질문을 너무 많이 던진다고 할아버지를 때리셨다고 해요. 할머니는 할아버지가 '세상의 이치'를 설명하려고 할 때마다 보청기의 소리를 낮추시고요. 저도 권위에 대한 동경심이 있어

235

요. 평서문으로 이것은 참이고 저것은 거짓이라고 말할 수 있었으면 좋겠어요. "그래! 왜 아침에 일어나는지 알겠어!"라고 말할 수 있었으면 좋겠지만 그러지 못해요. 사실은 그런 생각을 막 해내고 입에서 평서문이 나오려고 하면, 갑자기 정신이 바짝 들면서 조금도, 아무것도 아는 게 없다는 걸 깨닫게 돼요.

할아버지는 지금 병원에 계신데 몇 달째 병석에 누워 계세요. 11월의 어느 한 주에는 정말 안 좋아지셔서 아빠와 저는 비행기를 타고 할아버지를 뵈러 갔어요. 아빠는 할아버지의 성경과도 같은 책인 윌리엄 포크너의 압살롬, 압살롬!(Absalom, Absalom!)을 가지고 왔는데, 병원에서 큰 소리로 첫 장을 읽어 드릴 생각이었어요. 그런데 할아버지는 계속 잠을 주무셨어요.

할아버지는 자꾸 나비에 대한 기억을 되살리시면서,

"참 …… 우아하지."라고 말씀하시더니 공중에서 손을 나부끼며 손가락을 팔랑거리셨어요.

"나비는, 음, 있잖아 얘야, 나비는 말이다 …… 그게, 흠, 일주일밖에 살지 못한단다, 너도 잘 알겠지."

엊저녁은 새해 전날이었는데 친구 집에서 저녁을 먹거나, 킨키 살롱에서 밤을 새며 섹스파티를 벌이지 않고 샌프란시스코의 선원(禪院)에 갔어요. 하얀 벽을 응시하며 졸지 않으려고 애를 쓰는데, 해변가에서는 불꽃이 쏘아 올려지고 젊은 남녀들은 떠들썩하게 돌아다니며 거리에서 장난감 피리를 불고 다녔어요. 명상을 하기 전에 식당에서 해병대원이었던 한 남자와 생강쿠키를 먹으며 차를 마셨어요. 그 남자와 저는 몇 해 전 여름 벤타나 황무지에서 40마일 떨어진 한 선원에서 처음 만났어요. 그때 그는 덩치가 커다랗고 호전적이었는데, 항상 다른 사람을 비꼬는 심한 농담을 하곤 했어요. 이제 그는 선원에서 지낸 지 2년이 됐는데, 어제저녁의 그 남자는 차분하고 빛이 났으며 …… 뭐랄까 아름답다고 말할 수 있을 정도였어요. 뇌수술을 받거나 해서 달라진 사람에서 나오는 그런 '예수님의 광채'가 아니었어요. 마치 세상의 나락을 들여다보고, 은총과 독설과 화해와 광기를 경험하고 나서 마음속 깊이 확신을 얻어 모든 일에 초연해진 것 같았어요.

저는 그에게 단도직입적으로 만물의 의미에 대해서 물었어요. 그는 미소를 짓더니 고개를 저으며 말했어요.

"어떤 의미가 있다고 생각하지 않아요. 그냥 존재할 따름이지요."

저는 빙긋이 웃으며 머리를 흔들고 말했어요.

"그럼 아까 말씀하신 것과 허무주의는 어떻게 다른 건가요?"

그는 다시 입가에 미소를 띠고 고개를 가로저으며 말했어요.

"모르겠네요."

그렇게 우리는 다른 문제에 대해서도 이야기를 했어요. 우리가 사는 도시에 대해서, 요즘에 보고 있는 책에 대해서, 새해에 대해서 이야기를 나눴어요. 그러던 중에 그가 갑자기 일어서며 말을 했어요. "이제 일어나야 할 것 같아요. 오늘밤 제가 지키도(jikido,

이거든요.” 문을 나서는 그의 모습 뒤로 검은 수련복이 펄럭였어요.

저는 아직도 이런 질문들에 대한 답을 하나도 알지 못하지만, 답을 구하리란 희망은 놓지 않았어요.

“인생의 의미가 무엇일까요?”라는 질문에 대한 저의 임시적인 답변은 이거예요. “끊임없이 질문하는 것”이다.

할아버지는 압살롬 유도 낮잠에서 깨어나시더니 “한가지 이해가 가지 않는 게 있단다”라고 하셨어요. “어떻게, 그것도 일주일 만에, 모든 일을 다 마칠 수 있었던 게지?”

-Cora Stryker

인생의 의미를 찾는 이유에 대해서

내가 인생의 진정한 의미에 관한 글을 모으고 있는 것을 본 친구들은 같은 질문을 몇 번이고 되풀이하곤 했다. "왜 이런 일을 하는 거야?" 마치 우선 뭔가 끔찍한 일이 내 삶을 산산조각 내지 않은 한 그런 중대한 질문을 던질 권리가 없거나 우주 차원의 명령이라도 필요한 것만 같았다. "너네 집 개가 죽었어? 아님 어떻게 되기라도 한 거야?" "인생의 의미는 왜 그렇게 신경 써서 찾고 그래?" 사람들은 어느 정도까지는 내가 노트북 한 대, 전기 스탠드 몇 개, 정말 멋있게 자라준 행운의 돈나무 한 그루 등 속세의 소유물을 모두 팔아버리고 깊은 명상에 잠기기 위해 수도원으로 떠날지도 모른다고 생각한 것 같았다.

물론, 나는 네팔의 한 수도원으로 사라지지도 않았고 노트북을 팔아 넘기지도 않았다. 나는 내가 왜 이 문제에 관심을 갖는지,

그리고 다른 많은 사람들이 왜 관심을 가질 것으로 생각되는지 모르겠다. 그런 강한 호기심을 신이 내린 선물로 여기는 사람들도 있고, 진화의 부산물이라고 주장하는 사람들도 있는가 하면, 단순한 오해라고 말하는 사람들도 있다. 이유야 어찌됐든 간에, 사람이라면 누구나 어느 시점에 그 질문을 던진다. 이 프로젝트가 그 사실을 증명한다. 당신은 월스트리트의 투자금융 전문가일 수도 있고, 봄베이의 거지일 수도 있다. 어느 쪽이든지 간에 인생의 어느 순간에 당신은 의미를 찾게 될 것이다. 이 책은 사실 답을 제시하는 것보다 훨씬 더 많은 문제를 제기하고 있다. 이 책이 시험대비용 수험서가 아니라는 사실은 불행 중 다행이다. 수많은 글을 하나하나 걸러내고 나서 한두 가지의 철학을 택해 고집해나갈 수 있다고 생각하게 될는지 모르겠다. 실상은 전혀 그렇지 않다. 우리가 살아가는 세상은 단순하지 않다.

그러나 나는 어떤 사실을 깨닫게 됐다. 일찍이 아인슈타인이 말했던 것처럼, "신은 세상을 가지고 주사위 놀이를 하지 않는다." 인생의 수많은 일들이 무작위로 일어나는 것처럼 보이고, 때로는 잔혹하게까지 느껴지기도 한다. 우리는 고통을 경험하게 될 것이고, 죽게 될 것이다. 그러나, 이 모든 상황에도 불구하고, 겉으로 보기에 의미 없어 보이는 일련의 사건들이 한데 모여 무엇인가 아름다운 장면을 만들어 내며 확실성을 무색케 하는 순간을 경험하게 될 것이다. 페니실린의 발견이나, 서로 모르는 두 명의 남녀가 길을 가다 우연히 부딪쳐 결국 결혼까지 하게 됐다는 사연, 그리고 이 책의 발간 등과 같은 사건을 생각해 보자. 각각의 결과는 모든 상황이 제대로 맞아떨어져야만 하는 수천 가지의 변수를 내재하고 있다. 운명은, 그 잠재적 잔혹성에도 불구하고, 때때로 신비스러울 정도의 정확성을 보여준다. 운명은 변덕스런 예술가이다. 당신은 이 세상에 태어났다. 무수한 일들이 정확히 들어맞아 가며 펼쳐졌다. 당신은 이 책을 샀거나, 친구에게서 빌렸거나, 아니면 도서관에서 훔쳤을 것이다. 어찌됐든 상관없다. 어떤 경로를 통했든지 간에 지금 이 책은 당신의 손안에 있다. 다음 장을 써내려 가는 것은 당신의 몫이다.

인생을 마음껏 즐기고, 자신이 진실로 하고 싶어하는 일을 하며, 되도록 사랑하는 사람들과 함께 지내라. 이런 알 수 없는 철학적인 말에 주눅 들지 말아라. 전문가의 말에 항상 귀를 기울이지는 말아라. 그들도 나름대로의 고충이 있다. 전문가들도 완벽한 것은 아니다. 돈, 명예, 영생을 지나치게 걱정하지 말아라. 모든 것은 한번 오면 가게 마련이다. 삶, 꿈, 제국도 마찬가지이다. 고대의 사람들은 이런 점을 깨닫고 있었다. 즐거운 시간을 보내라. 그러다 보면 그 모든 것의 의미에 바싹 다가갈 수 있으리라 생각한다.

읽어 주셔서 감사합니다.

감사의 말

감사를 드려야 할 분들이 정말 많습니다. 우선, 소중한 글을 보내주신 인터넷과 현실세계의 다양한 빛깔의 개성을 가진 수천 명의 사람들에게 감사드립니다. 여러분이 없었다면, 이 책은 두 페이지 남짓에 그쳤을 것입니다. 다시 한 번 마음 속 깊이 고마운 말씀을 전합니다. 프로젝트의 가능성을 보고 진심으로 믿고 도와주신 탁월한 편집자, 제이슨 가드너(Jason Gardner) 씨께 감사의 말씀을 전하고 싶습니다. 메리 앤 캐슬러(Mary Ann Casler), 킴 코빈(Kim Corbin), 조지아 휴즈(Georgia Hughes), 미미 쿠쉬(Mimi Kusch), 먼로 먹루더(Munro Magruder), 토나 피어스 마이어스(Tona Pierce Myers) 씨를 비롯해 이 책의 출판과 홍보를 도와주신 뉴월드 라이브러리(New World Library) 출판사의 모든 분들께 감사 드립니다. 주위 분들에게 글을 보내도록 적극 권해주신 분들에게도 감사의 말씀을 전합니다. 이 책을 내기까지 전적으로 도와주신 부모님 고맙습니다. 여러 모로 나를 놀라게 하는, 의리 있는 영화관 친구인 동생 에반에게 고맙다는 말을 하고 싶습니다. 동생과 저는 심각한 영화광입니다. 마지막으로, 격려의 이메일을 보내주신 생면부지(生面不知)의 사람들에게 감사의 말씀을 전하고 싶습니다. 모르는 사람들에게서 자신이 하는 일의 가치를 인정받는 것만큼 훌륭한 찬사는 없을 것입니다. 하느님, 감사합니다.